COLECCIÓN TURQUESA
NARRATIVA

Nada importa

Álvaro Robledo

Nada importa

Libro diseñado y editado en Colombia por
VILLEGAS EDITORES S. A.
Avenida 82 n.º 11–50, Interior 3
Bogotá, D. C., Colombia
Conmutador (571) 616 1788
Fax (571) 616 0020
e–mail: informacion@villegaseditores.com

Editores
BENJAMÍN VILLEGAS
LUIS FERNANDO CHARRY

Departamento de Arte
JESSICA MARTÍNEZ VERGARA

Carátula
HERNÁN SANSONE

Primera edición, Editorial Planeta, 2000
Segunda edición, Villegas Editores, 2008

ISBN: 978-958-8293-40-0

Impreso en Colombia por
PANAMERICANA FORMAS E IMPRESOS S. A.

VillegasEditores.com

Para Juan Felipe, mi hermano

I

—¡Walt, cabrón, cierra esa ventana! —grité, mientras alcanzábamos los 130 kilómetros por hora de nuestro Ford Mustang del 74.

Yo era un latinoamericano que había pasado algún tiempo en Europa y, como todos los latinoamericanos que han estado en Europa, creía conocer la inmensidad del mundo.

Algunos años en España, en Cádiz, me valieron el nombre de sudaca o indio de mierda, y criaron en mí el gusto por el mar y las ganas de viajar. De Cádiz recuerdo los días soleados y los cuerpos de las gitanas, una que otra aventura.

—¡Ya la cierro, no es para tanto! —dijo Walt mientras escupía al aire, dando gritos porque una vez más había logrado un esputo perfecto. Walt, cuyo verdadero nombre era Walter Petersen, era un danés que había prestado dos años de servicio militar al cuidado de la reina, cosa que le llenaba de orgullo.

—¡Mierda, Walt, me llenaste la cara de saliva!

Este era Thomas Wegener, otro danés amigo de Walt. Era de esas personas a las que yo nunca me habría acercado en otro momento de mi vida, pero sentía aprecio por él pues contaba unas historias tremendas y sabía ser un buen amigo. Estaba orgulloso

de su apellido, de ascendencia alemana, y le gustaba
decir:

—¡Me diferencia de toda esa banda de cabrones de
apellidos Petersen, Olafsen, Andersen o con cualquier
terminación en sen! No hay más terminaciones que
sen en toda Dinamarca, desde Jutlandia hasta Copenhague. Todos parecen hermanos. ¿No le ves un cierto
aire a retrasado o a mongoloide a Walt? ¡Eso sólo pasa
cuando tu padre se folla a su hermana!

A mi lado iba Nicholas Harrison, a quien llamábamos Nick, un inglés que había vivido varios años en
India y Japón, y quien en un principio pensé que había
traído consigo ese silencio tan parecido a la sabiduría
o a la completa imbecilidad.

Yo había conocido a Walt en situaciones bastante
extrañas. Salía de cine de seis, de una película que no
recuerdo. No recuerdo, porque es una de esas películas
que sólo sirven para congraciarte con el mundo y sus
gentes, no dejan un recuerdo claro, sólo una sensación
agradable, como cuando te tiras en el pasto a fumarte
un cigarrillo y a mirar un punto fijo en el cielo.

Decía, pues, que salía de cine con una sensación
agradable, sensación que tenía que completar con un
poco de cerveza. Unas cervezas después de una buena
película y ya casi que podría agradecer que el mundo
se acabara. Si pudiera follar ya sería demasiado. Mi
madre siempre me enseñó a ser parco con mis deseos.
Aunque follar no estaría nada mal.

En esos días vivía en Oxford, no donde los hijos de
senador o de puta fina, sino en un barrio de obreros
de una compañía metalúrgica. Yo era un jodido como

cualquier otro, pero esto no quiere decir que siempre haya sido así. Años después, cuando contaba la historia, ya fuera para conquistar a alguna pequeña intelectual, de piel blanca y senos pequeños, o para conseguir trabajo, decía que había vivido en Oxford, acentuando la primera O y poniendo mi mejor acento británico. Nadie sabía que Oxford era un lugar muy grande, donde los aprendices de poeta ocupan un lugar mínimo.

Entré a un pub que tiene por nombre The Eagle and Child, llamado cariñosamente por los del lugar como "El Pajarraco y el Bastardo". Es éste un pub de intelectuales que en sus días de alegre donaire contaba con las visitas ocasionales de los Inklings, un grupo de escritores que si no conoces, ya es mejor que te pongas el cañón de una Winchester en la boca. Me gustaba el lugar porque tenía una atmósfera tranquila, ponían discos de Count Basie y especialmente porque tenía mi propio rincón y la cerveza era barata.

Tengo la firme convicción de que en la vida tenemos la obligación casi perentoria de ocupar rincones que podamos llamar propios en los lugares públicos. Recuerdo un amigo allá en Latinoamérica que solía ocupar siempre el mismo lugar en el cine. Era para volverse loco o intentar matarlo. El tipo encarnaba a esos hombres que creen que la repetición de un acto por años los hace mejores personas o una mierda por el estilo, y por eso siempre se sentaba en la segunda silla de la segunda fila del lado izquierdo del cine, el único sitio de todo el puto lugar donde las caras de los personajes se ven distorsionadas y donde los parlantes te quedan en la oreja. Cuando iba con él a ver una película, yo me iba al centro, también en las primeras filas pero en un lugar en el que todavía se puede ver qué es lo que está pasando, y entonces mi amigo me decía que nos hablábamos a la salida, porque se iba a su puesto. En ese entonces no le comprendía y pensaba: ¡Pobre marica pedante!, pero ahora, y sin poder decírselo, lo comprendo, o al menos eso creo.

Si me preguntan por qué hablo de Latinoamérica y no de un lugar específico de esta región, es porque soy uno de los pocos imbéciles que aún mantienen el sueño de Bolívar, una de esas ideas bobas que uno tiene y que espera le sean perdonadas. Además yo en ese entonces vivía en Inglaterra y allí nunca harán la diferencia. Para los ingleses tú eres "el latinoamericano", no importa si eres mexicano o argentino. Yo soy colombiano, porque así lo dice mi pasaporte y porque mis padres lo eran. Siempre estuvimos viajando mucho, y nunca pude sentir que pertenecía a algún lugar realmente. Alguna vez leí a un poeta norteamericano que se hacía llamar ciudadano del mundo. Bueno, creo que eso soy, un ciudadano del mundo, o algo por el estilo.

Me acercaba, pues, a mi puesto en dicho pub, con una pinta de cerveza en la mano, cuando veo a este animal de casi dos metros, completamente borracho y agarrándole las tetas y besándole el cuello a una rubia que bien podía ser una vestal de película de Ginger Lynn. Me aproximé hasta la mesa y le dije con tranquilidad que se quitara de ahí porque ese era mi lugar, sin saber de dónde había sacado la fuerza para decírselo, pues siempre he sido un cobarde. El tipo parecía no oír nada de nada.

Repetí mi frase, esta vez con un tono casi sentencioso y ceremonial que había aprendido de mis lecturas de

Shakespeare. Porque yo también leía, leía como un enfermo o un preso, pues no quería ser tan sólo otro jodido ignorante; además me gustaba hacerlo: es de esas cosas que no puedes dejar una vez empiezas.

Esta vez el tipo pareció entender, se levantó con un gesto marcial y me hizo seña de que lo acompañara. Mientras salía del bar, dejé mi cerveza en la barra donde recomendé que me la cuidaran, pues no tardaría. Toda la vida había escuchado que era mejor regar la sangre que el alcohol, y aunque siempre me había parecido una expresión imbécil y desagradable, en este momento de extraña confusión la sentí como algo verdadero. Aquí debo aceptar que me asusté un poco, pues el tipo, además de parecer un oso, me llevaba por lo menos dos cabezas, y tenía esa tranquilidad de mierda que tanto me cabreaba. En Latinoamérica ya estarían volando mesas y sillas como en los *westerns*, y ya todo el bar hubiera tomado partido. Allí todos seguían impasibles, como si simplemente nosotros fuéramos dos buenos amigos que salen a contarse sus historias en privado, porque no quieren que la gente del lado escuche.

Salimos y el tipo se cuadró como si fuéramos a boxear o alguna mierda por el estilo. Yo no entendía nada y lo único que hice fue abalanzarme a morderle la oreja y a intentar ahogarlo. De donde yo venía, lo de pelear sólo con los puños era cosa de imbéciles. El tipo gritaba y forcejeaba como un endemoniado. La gente pasaba y no decía nada, era como si estuviéramos celebrando algún aniversario de la caída nazi o un partido de fútbol.

Finalmente logró lanzarme lejos pues tenía la fuerza de un yak. Todavía ahora no sé cómo logré conectarle un buen par de golpes, de pronto es que el azar sí existe, y por eso él lograba encontrar su nariz con mi cabeza o su estómago con mis puños; de todas maneras el tipo era indudablemente más fuerte que yo y me reventó la cara. Me logró inmovilizar en una especie de abrazo, que terminó siendo un abrazo real, mientras el tipo se cagaba de la risa y yo nunca supe bien de qué se reía, pues yo estaba bastante cabreado, cuando nos encontramos entrando al bar abrazados como hermanos, riendo como hienas.

Los del bar nos miraban sonriendo, como si los desgraciados hubieran sabido todo el tiempo que eso iba a pasar, sacerdotes de esos secretos que tú eres el último en conocer.

Recogí mi cerveza y bebí un trago largo mientras veía cómo se mezclaba con la sangre. Regresamos a mi mesa y el tipo me hizo sentar en mi asiento. La rubia ya no estaba allí, se había cambiado de mesa y ahora estaba con uno de esos intelectualoides indios que tanto me asquean. Le hice ver esto al tipo, pensando que iba a armar un alboroto, pero sólo se rio con fuerza y dijo con un acento fuertísimo:

—¡No importa, todas las perras son iguales! —luego dijo—: Mi nombre es Walter Petersen, pero puedes decirme Walt. Soy danés y en Dinamarca siempre decimos que quien nos da una buena pelea o con quien derramamos la sangre, será siempre nuestro hermano —luego levantó su cerveza y dijo—: ¡*Sköll*! Brindamos y volvimos a cagarnos de la risa. Así conocí a Walt, quien desde ese entonces ha sido en verdad mi hermano.

II

—¡Dame un cigarrillo, Walt! ¡Y deja de creerte James Dean con la camisa remangada! ¿Qué diría la reina?

Thomas, una vez más su cara contra el panorámico, nos hacía reír, y le agradecíamos en silencio esos momentos que nos hacían salir de nuestras ensoñaciones con esa pelirroja de caderas paridoras que habíamos dejado en casa, del reloj unido al recuerdo de padre, de ese mar que vimos en Lisboa con un oporto en las manos, mientras contemplábamos a las muchachas con quienes habríamos querido casarnos y tener diez hijos, uno tras otro, sin dejarlas respirar entre tanto.

A Thomas lo conocí a la mañana siguiente de la noche en que conocí a Walt. Había sido su amigo de infancia y parecía que ambos lo habían vivido todo, lo habían visto todo.

Era temprano en la mañana. Recuerdo que Walt y yo habíamos visto el amanecer juntos en la estación de buses. Nos encontrábamos allí porque en medio de nuestro delirio etílico habíamos quedado en ir a Praga a visitar a una amiga suya, quien, según él decía, era idéntica a Sofía Loren.

—Te lo juro, es su vivo retrato. Los mismos labios carnosos, ese pelo que huele a fresas y un par de tetas que hay que ser un Atlas para sostenerlas. ¡Tres kilos cada una!

Yo me reía y le seguía el cuento, en parte porque estaba muy borracho y quizás porque no tenía nada mejor que hacer. Yo lo que quería era escribir, no sé muy bien por qué, me parecía que era la única manera de cumplir las promesas hechas a los amigos hace algún tiempo. Y la idea de ir a Praga me entusiasmaba. Además que si el cuento de Sofía era verdad, sólo esto era una razón de peso para ir.

—¡Tres kilos! —repetía Walt como en una letanía y ponía sus dos manos en tal forma, que en verdad parecía sostener dos mundos.

Pedimos dos cafés y Walt se sentó a fumar en una banca. Ya empezaba a clarear cuando dijo:

—¡Thomas! —para luego decir—: ¡Me olvidaba de Thomas, no podemos ir!

Yo no entendía lo que quería decir y sólo pude preguntar:

—¿Cuál Thomas?

Él respondió:

—Thomas es un amigo con quien vivo y no podemos irnos sin él.

Y aquí fue cuando dije una de esas cosas que si uno tuviera la facultad de retroceder en el tiempo, sería la primera en suprimir:

—No serás marica...

Walt se sonrió con una sonrisa paternal y condescendiente, y dijo:

—No, por supuesto que no. Es sólo mi amigo.

Parecía que la vida de mierda que llevaba en Inglaterra me hubiera hecho olvidar lo que eso significaba. Yo también había tenido grandes amigos antes, amigos por quienes lo habría dado todo, o por quienes lo di todo, ya no sé bien. El hecho es que ya no estaba con ellos, con quienes pareciera que todo había ocurrido hacía demasiado tiempo.

Thomas y Walt habían ido a la misma escuela, habían estado en los mismos cursos, incluso habían follado por primera vez con la misma mujer:

—¡Gertrude! —gritaban a coro y simulaban estar follando con esta mujer "del culo de blanco requesón".

Terminamos nuestros cafés, Walt se fumó un par más de cigarrillos en silencio, y fuimos a su casa. En el trayecto, que me pareció interminable, intenté hablarle de mis nebulosos recuerdos de los cuentos de Andersen, lo que, por supuesto, terminó dejando en evidencia mi ignorancia, pero selló, con risas, nuestra amistad.

Subimos los tres pisos que llevaban al apartamento de Walt y entramos. Allí vi una escena que aún hoy no deja de impresionarme, cuando la recuerdo. En un sofá estaba un hombre alto, de complexión fuerte, en calzoncillos de boxeador, con una foto de una mujer que efectivamente se parecía a Sofía Loren, llorando como un recién nacido y gritándole algo a Walt. Yo estaba un poco aturdido, pues no entendía lo que este par vociferaba en esa lengua de los mil demonios. Finalmente Walt, quien también ahora lloraba como un niño, logró desatar:

—¡Es que se ha muerto, puta!, ¿acaso no entiendes? ¡Praga murió!

No comprendí realmente la frase, y cuando Walt me explicó que la mujer de quien habíamos hablado hacía un rato había muerto, sólo me entristeció la idea de no ir a Praga y la imagen de esos seis kilos de gloria enterrados bajo tierra.

Walt le dijo algo más en danés a Thomas, y por su expresión entendí que le había dicho que yo era su amigo. Thomas me abrazó, me mostró la foto, me dio un trago de un licor muy fuerte que debía haber estado tomando por horas, y me dijo:

—¡Pensaba casarme con ella, pero la gran zorra prefirió morirse! —y ahí dejó caer su cabeza sobre mi hombro y se quedó dormido.

—Éste es Thomas Wegener, mi amigo —me dijo Walt secándose las lágrimas y entrando al baño a lavarse la cara.

III

Nunca volvimos a hablar del asunto. Praga y Sofía fueron enterradas el mismo día, a la misma profundidad. Hay cosas de las que no es necesario volver a hablar. Mientras podamos follarnos a una mujer, tengamos cerveza y amigos, todo irá bien. Esta era nuestra simiente de aquellos días, la simiente de tres tipos que se creían rudos y que sentían tener la verdad entre manos.

Y si hablo de follar y no utilizo otra palabra, aun siendo latinoamericano, es por una razón que creo vale la pena contar. Yo terminé mal que bien el colegio en Colombia, donde viví unos años, creo que buenos, de mi temprana juventud. Era un colegio de jesuitas sólo para hombres y creo que quien haya vivido esta experiencia es capaz de hacer cualquier cosa en el futuro. No sólo lo digo yo, lo dijo el Che Guevara mucho tiempo atrás, y el Che era un buen tipo.

En esa época vivía en la casa un amigo de papá y allí llegó su sobrina. Era una española morena, muy linda, que venía de Granada. Había ido a pasar unos meses con su tío. Yo salía con papá muy temprano en la mañana y regresaba tarde en la noche. Me encerraba en mi cuarto a leer, o a hablar con los amigos, o a emborracharme, por lo general también con los amigos, con quienes hablábamos de mejores tiempos y de odios a personas, y de mujeres y libros y toda esa clase de cosas que se habla con los amigos, y muy pocas veces cruzaba palabra con ella. Parecía aburrirse muchísimo. Un día me dio pesar, no sé bien por qué, ya que no soy muy dado a esa clase de sensaciones y la llevé a dar una vuelta. Caminábamos por mis calles, porque en ese entonces sentía que ciertas partes de la ciudad me pertenecían, a mí y a mis amigos, y todo era bastante raro porque yo estaba amable y le hablaba de mis cosas, yo que era como una tumba y nunca decía nada, menos a las mujeres, no porque no quisiera hablar con ellas, sino porque simplemente no existían en mi mundo, y ella se reía y se comía su helado, porque habíamos ido a comprar helados, y es que cuando se sale con una muchacha hay que comprar helados, y ella se veía aún más linda con su bigotito de vainilla que yo le limpié, y me decía que qué buen tío era yo, y yo no le entendía nada, porque los españoles son muy raros. Me sentía muy a gusto con ella, que me hablaba de Granada y de sus amigos, y entonces yo le recitaba que nunca fui a Granada, y ella se volvía a reír y me decía que era muy culto y muy educado, no como los guarros con los que ella había salido, y yo me ponía muy rojo, porque siempre me ha avergonzado que digan que soy un buen muchacho, aunque un guarro también puede ser un buen muchacho; de todas maneras no entendía lo que eso significaba y no me interesaba saberlo. Caminamos un buen rato, y ella me agradeció que la hubiera sacado a pasear y me dijo que era una pena que nos hubiéramos hecho amigos tan tarde, cuando sólo le quedaba una semana antes de regresar a España, y yo me puse triste y me dije que si no hubiera sido tan huraño y tan imbécil, tal vez hubiera pasado un mejor tiempo con ella, pero ¿ya qué le vamos a hacer?, y ella me sonrió y me dijo que no me pusiera triste, que tenía que ir a visitarla, o que ella intentaría regresar, y yo me puse más triste, pero es que siempre he sido un pesado y me hundo con facilidad.

Y ese mismo día, al regresar a casa, ella me preparó algo de comer, dijo que era tortilla de patatas, y hablamos y nos reímos y fuimos muy felices, quizás porque sabíamos que pronto todo iba a terminar.

Cuando ella empezó a bostezar, ya bien entrada la noche, le dije que se veía cansada y que lo mejor era que nos fuéramos a dormir. Ella asintió, me dio las gracias por un "día estupendo" y nos fuimos a nuestras habitaciones. Yo intentaba leer algo que ahora no recuerdo, y es que sólo pensaba en ella, en lo linda y agradable que era, y en su tono de voz, cuando la vi entrar a mi cuarto y quedarse pegada a la puerta. Ninguno de los dos hablaba y yo sólo le veía sus lindas piernas morenas, y sus pechos sólidos y bien hechos como toda ella, dibujados por su camisón. Le sonreí y le iba a decir alguna idiotez como: ¿tienes miedo?, o ¿quieres hablar?, cuando ella me dijo:

—¡Quiero que me folles!

Y yo no le entendía nada y sólo me atreví a decirle:

—¿Que quieres que te qué?

—¡Que me folles, tío, que lo hagamos!

Yo, que entonces no sabía nada de estar con una mujer más que por las películas o por los libros, o por lo que hablaba con los amigos, me quedé petrificado, palpitando y temblando como un imbécil, sin poder hablar.

Ella se me acercó y se quitó el camisón dejando ver sus pechos desnudos, para luego quitarse sus braguitas celestes, y yo sentí que debía haber alguna relación entre el color del cielo o el paraíso y sus braguitas, porque ella las llamaba así, y yo no me atreví a decirles de otro modo después, cuando se me montó encima y me dijo al oído:

—¡Fóllame, fóllame! —y yo pensé que me iba a morir, que de ésta no saldría, que ya todo se podía acabar, y aún ahora creo que habría sido mejor si eso hubiera pasado. Lo estuvimos haciendo por un largo rato y ella me seguía diciendo: "¡Fóllame, fóllame!", a mí, que nunca había estado con alguien y que me sentía en el Nirvana, porque nunca me he sentido tan bien follando y creo que nunca me volveré a sentir igual de bien. Por eso follo con quien puedo, a ver si encuentro una mujer como mi españolita con quien pueda hablar y follar a la vez, como ella, que me seguía ronroneando al oído y diciendo: "¡Fóllame!", y después de eso nunca acepté utilizar otra palabra para denominar lo que ese día hicimos mi novia morena y yo, mi amor de una semana, a quien le estoy tan agradecido.

Despertamos ya entrada la noche. Todos habíamos dormido sentados en el mismo sofá y estábamos viendo un afiche de *Y la nave va*, que Walt tenía colgado en su sala. Era muy probable que ni Walt ni Thomas hubieran visto esta película alguna vez en su vida, pero todos sentíamos que ese hombre allí

solo en esa balsa en medio del océano, con un rino-
ceronte como único pasajero, era de alguna manera
cada uno de nosotros.

Es en este punto, creo, que nuestro viaje comenzó.
Walt se paró para traernos cerveza y poner algo de
música. Cuando regresó, pidió silencio, y todos escuchamos la voz cascada de Ian Anderson, cantando
una versión de "Locomotive Breath".

Era este "aliento locomotor" el que nos movía en ese
entonces a Walt, a Thomas y a mí. Estábamos en ese
punto al que la mayoría de hombres llega alguna vez
en la vida, cuando todo o nada es posible, cuando nos
decidimos a entrar en una caja de pino o nos atrevemos
a buscar una ilusión que nos mantenga en pie.

Walt estaba desempleado, Thomas había perdido el
amor de su vida y yo tenía que lavar baños, mientras
veía ir mi vida como en piloto automático, y sólo
quería que algo pasara.

Quizás mi pronta lectura de los clásicos me hizo
creer que las ilusiones, aunque absurdas, nos servían
para permanecer en este mundo, un mundo en el
cual no sólo debíamos estar, sino en el cual debíamos
pararnos firmemente. Una permanencia de verdad,
donde siempre tuviéramos nuestra cabeza en alto,
la espalda recta, las piernas firmes y el corazón bien
puesto en el pecho.

Walt, quien había estado en la cocina haciéndonos
algo de comer, apareció con una bandeja y una gorra
de Tribilín que, según decía, la reina le había dado al
prestar su servicio en el ejército, ese ejército donde sólo
se piensa en hacer lo que te dicen, uno, dos, uno, dos,

en esperar por el rancho, uno, dos, uno, dos, en soñar con la muerte del cabrón del cabo o del sargento con una pica de alpinista clavada entre los ojos mientras el hijo de puta observa, uno, dos, en cuidarte el culo de los animales que quieren follarte, uno, dos, en esperar con salir e ir a casa a ver a madre y a los amigos que tanto han cambiado.

Aquí comenzó a sonar "Life's a long song" de Jethro Tull y Walt empezó a contar de una noche de servicio en Jutlandia, en pleno invierno, con un frío de mierda, después de haber sido mojados con mangueras por el sargento para acentuar el frío, porque siempre había que estar preparados para todo, y ser guerreros, aunque nunca entendieran para qué estaban preparados y siempre se preguntaran a quién putas se le ocurriría invadir Dinamarca a las 3 de la mañana de un 5 de enero de un año cualquiera, y todos conjeturaran que dado el caso de una invasión, no aceptarían los invasores a un sargento hijo de puta como rehén.

Contó que dicha noche había conocido a un soldado que era medio inglés, medio danés, quien le había narrado una historia sin importancia aparente, pero que cambiaría el curso de la vida no sólo de Walt, sino de otros tres hombres que aún no se conocían.

IV

—¡Vamos, Walt, cuéntalo otra vez. Vamos, Walt!

Thomas y yo gritábamos a coro como focas pidiendo pescado, o como niños que quisieran que se les contara un cuento antes de dormir, alguno de esos cuentos que al menos yo recordaba, al igual que recordaba las noches en que mamá llegaba con aquel grueso libro blanco, lleno de historias con ilustraciones, en el cual los personajes eran gnomos, uldras, pordioseros, reyes y cabronadas por el estilo, compañeros que en ese entonces me eran tan queridos.

De todas maneras creo que a todos los niños nos ha pasado lo mismo, si hemos tenido una madre. No creo en los hijueputas que sienten que su infancia ha sido única e inigualable. Todos sufrimos y fuimos alegres, todos llegamos con raspaduras como monedas, como decía mamá y con narices rotas, todos jugamos a las canicas y odiamos a las niñas, todos nos creímos Tom Sawyer o el bueno de Huck Finn.

En cualquier caso nunca he sido uno de esos que se conmueven con la infancia y la usan como pretexto para explicar su extrañeza en el mundo, un mundo en el que aún son niños, jodidos Peter Pans. Que la usaran para ligar sería más fácil de entender, pero éste ya es otro cuento.

5 de enero. Stop. Jutlandia. Stop. Frío de mierda. Stop. Conversación con soldado. Stop. Habla de Jethro Tull. Stop. Ian Anderson es de su aldea natal. Stop. En un granero tocan por primera vez. Stop. Momento de revelación. Stop. Sentir el mundo entre manos. Stop. Soldado coge una pulmonía. Stop. Se complica. Stop. Es llevado de urgencia al hospital. Stop. Jamás me dijo el nombre de la aldea. Stop. Cabrón de mierda. Stop.

Walt se divertía contándonos la historia de su encuentro con el soldado siempre de manera distinta. Quería ser actor. Una de las veces que nos contó la historia quiso hacerlo como sir Dereck Jacobi en el monólogo de Hamlet de la BBC. Otra vez lo contó como si fuera Marlon Brando en *El Padrino*; hasta nos representó una versión muda como si fuera el gran Buster Keaton. Walt en verdad "tenía el don", como dicen los ingleses. Con Thomas le decíamos que algún día iba a ser una estrella de cine e iba a beber champaña y comer caviar y tener una rubia lindísima con quien se tomaría fotos para los diarios, y otra negra escondida que le llevaría hasta el éxtasis, y que se olvidaría de los amigos.

Cuando Walt contaba la parte de la historia del soldado, que era quizás lo que más me gustaba de todo el cuento, ya que la idea del mundo salvado por la música rock me sabe a mierda; es casi igual que creer en el amor como el gran redentor y que todo al final será ungido por su energía salvífica, porque el amor es más fuerte, y a otro con ese cuento, se me venía a la cabeza la imagen de aquel soldado, de ese muchacho danés perdido en el hielo de Jutlandia, y entonces recordaba al padre borracho de un amigo que siempre nos decía que mucha gente muere a los 50 y vive hasta los 80. Para mí este soldado que había visto el absoluto en la forma de un par de canciones a los 18 años, y que había muerto probablemente a los 24, había dejado de existir esa noche con sus escasos 18 años. Yo quería conocer el lugar donde un hombre cualquiera se había sentido por un instante el único hombre sobre la tierra, un pequeño soldado que probablemente yacería ahora muerto y que había creído tener el mundo entre manos, aunque fuera por una fracción de segundo.

Me habían dicho que lo que le pasa a alguien le pasa de alguna manera a todo el mundo, creo que alguien importante lo dijo. Por eso me gustaba ir a lugares grandiosos hechos por el hombre, sólo para ver si en ellos podía encontrar algo de esa grandeza que tenían, y donde en un momento determinado alguien se había sentido fuerte e inconmensurable. Creo que no me equivoco al decir que ésta era una sensación común. Todos necesitábamos ese algo que había sentido el pequeño soldado casi a los 20 años de edad. Para llevar a cabo esta travesía, la travesía que nos llevaría a encontrarnos con el absoluto en forma de granero, un granero donde Jethro Tull alguna vez había estado, nos hacía falta algo de dinero, un carro y quizás un mapa, aunque esto último no le agradaba nada a Thomas que creía demasiado en su percepción, en que de alguna manera el lugar nos atraería. Walt se reía y yo le decía, riendo también:

—¡Payaso de mierda! Debería darte vergüenza. No me digas que tú eres otro de esos imbéciles de la nueva era.

Thomas se sonrojaba y se hacía el que no había escuchado. Luego nos decía como quien quiere ocultar algo:

—Vamos por algo de dinero y por una cerveza, cerdos racionales.

Y entonces todos salíamos.

V

En el comienzo, Oxford fue el escenario donde llevamos a cabo nuestras tareas "de avituallamiento y recolección de materiales necesarios", como decía Walt. Sin embargo, después de un tiempo empezamos a ser reconocidos por la policía local y tuvimos que marcharnos a otros sitios a buscar dinero.

Aquí quiero detenerme en un punto que considero fundamental acerca de la incapacidad de entendimiento que tiene la policía en el mundo entero. Aún ahora no logro entender cómo podían confundir nuestra labor benéfica con algo que ellos llamaban "robo con premeditación". Nos señalaban con el dedo a nosotros, sí, a nosotros, que sólo queríamos ayudar a la pobre gente ignorante de la verdad a deshacerse de sus bienes materiales, hacerles entender el valor del espíritu y de levantarse después de haber caído, ayudarles a aligerar su carga. No veían la similitud entre nosotros y el Cirineo ayudándole a Cristo a cargar la cruz. Éramos como José de Arimatea llevando a Jesús al sepulcro, éramos como Hércules sosteniéndole el mundo a Atlas.

—¡Hurto! ¡Yo robando! Yo que he servido dos años a la reina. ¡Burros! Bien se ve que no conocen lo que es el honor de un soldado real. ¡Cerdos peludos! ¡Cafres de mierda! —salía vociferando Walt después de haber estado 48 horas en una estación infernal, de la que siempre era puesto en libertad por falta de pruebas. Era él quien se entregaba voluntariamente, mientras nosotros buscábamos refugio, pues como decía: "Yo soy el único que sabe tratar con estos cerdos".

—¡Deja de gritar groserías, danés! Esto es un sitio público y no estamos en tu país. ¡Puedo meterte otras 48 horas por desacato a la autoridad! —decía el oficial de turno que despedía a Walt.

—¡La autoridad, ja, la autoridad! Deja que me ría de tu autoridad. Mi abuelo tenía más autoridad en su dedo meñique que toda esta estación de imbéciles. Mi abuelo fue el único danés que se negó a abrirles las piernas y las puertas a los nazis cuando cruzaron Dinamarca. Mi abuelo era un oficial que infundía respeto, yo quería mucho al abuelo y estaba orgulloso de él. Yo era quien le brillaba las insignias y condecoraciones todos los días, sólo para que cada mañana me bendijera, me diera un beso en la frente y me dijera: ¡Walter, estoy orgulloso de usted. Algún día su pecho portará medallas más gloriosas que éstas! Porque abuelo nunca me tuteó, siempre me trató como un soldado y me infundió el amor por la tradición. Fue por eso que ingresé al ejército, para no defraudarlo a él, ni a su padre, ni al padre de éste, ni al de éste, y así sucesivamente hasta el principio de los días. Porque la mía es una familia de soldados, de hombres que aman su patria y su tierra como la vida misma. Por eso no venga usted a hablarme de autoridad a mí, a mí, aunque yo no haya aguantado más que dos años

en el ejército —y esto lo decía Walt como en una ca-
dencia, no dejando entrever el fuerte dolor de aquel
que traiciona la tradición.

Yo era el único que lo esperaba a la salida de la prisión.
Thomas no iba porque decía que no quería que los
policías creyeran que éramos una banda. Yo lo esperaba
y escuchaba sus alegatos con la policía con el corazón
conmovido, al borde de las lágrimas, yo que admiraba
esas naturalezas sinceras y primarias, yo que jamás habría dado un culo por la querida Suramérica.

—¡Autoridad, autoridad! ¡Me viene a dar a mí con
autoridades el gran cabrón ese, a mí! —repetía Walt
casi como un autista. Yo lo abrazaba, le ponía su abrigo
y lo invitaba a tomarse un café.

En el café, Walt volvía a ser el mismo hombre jovial
y encantador de siempre, que me molestaba por ser un
enano y por mi temprana edad. Luego me preguntaba
con voz grave y nasal, poniéndose una servilleta en
un ojo como si fuera el viejo Billy Bones, el caballero
de la fortuna:

—¿Has guardado todo el botín, muchacho? ¡Mira
que el viejo Bill está cansado de seguir arriesgando el
pellejo!

Yo me reía y le decía que sí, que todo estaba seguro
y que ya casi teníamos suficiente dinero para irnos.
Le decía que teníamos que vender unas cosas más y
ya estaba. También que un viejo amigo mío de la fábrica, un inglés de nombre Nick, tenía un carro que
nos podía servir. Luego pedía un café.

—¡Y una botella de ron! Jo, jo, jo —gritaba Walt, aún
actuando como el viejo Bill—. ¡Quince hombres en el

cofre del muerto, jo, jo, jo, y una botella de ron! Pues tenemos que conocer a ese tal Nick, Jimmy boy. ¡Un buen navío es siempre importante en toda travesía!

VI

Siempre me han gustado los trenes. Siento que en ellos hay un mundo en movimiento que no existe en otros medios de transporte.

Nosotros estábamos de polizones en un tren que iba hacia Dover. Sabíamos que si corríamos con suerte ese día, tendríamos el dinero suficiente para comenzar nuestro viaje.

Dover era el lugar de llegada de todos los *ferrys* provenientes de Calais. *Ferrys* cargados a reventar de francesitos ricos que iban a Londres a gastar su dinero en porquerías.

La llegada a Dover era por lo general sin contratiempos. El procedimiento era siempre el mismo: entrábamos al tren y nos sentábamos en primera clase. Cuando el revisor llegaba, lo acompañábamos tranquilamente al baño, con la excusa de que había un gato muerto en él. Esto era suficiente para que el pobre hombre caminara triste y compungido, porque en Inglaterra se puede ver un niño muerto y la cosa no pasa a mayores, pero ver un gato muerto es un pecado. Ya en el baño, el revisor veía que no había nada y se volteaba furioso diciendo que le habíamos mentido, que con esas cosas no se juega y que ahora estaba retrasado, y diciendo esto parecía el conejo del reloj de *Alicia en el país de las maravillas*. Entonces Walt, siempre intentando ayudar, le decía que se veía un poco enfermo, que comer todas esas coles inmundas no le hacía nada de bien, y no me diga que usted no come coles porque todos los ingleses lo hacen, nacen con ellas como dice la historia que se les cuenta a los niños cuando preguntan de dónde vienen los bebés, y entonces le pegaba un puño en el estómago, para que se le salieran todos los gases y se mejorara aprovechando que estaba en el baño, golpe que lo dejaba inconsciente por un buen rato. Luego volvíamos a nuestro puesto, pedíamos algo de comer y disfrutábamos de la vista y del viaje.

En nuestro último recorrido a Dover, luego de haber hecho los trámites de rigor, volvimos a nuestros asientos y nos hallamos con que nos encontrábamos con compañía. Con nosotros iba una niña que hablaba con su osito. Era un oso repugnante que tenía un corbatín de terciopelo púrpura amarrado al cuello. La niña lo acariciaba y le hablaba por su nombre, que creí que era Ciril o algo por el estilo. A su lado iban los que imaginaba eran sus padres, dos ingleses clásicos que hablaban sobre el buen clima que hacía y que intentaban buscarnos conversación.

—Ustedes no son de acá... —decía quien yo suponía era el padre.

—No, no. Mis amigos son daneses y yo vengo de Suramérica.

—¡Ah, Suramérica! Lindo lugar. Con mucho sol y un clima fantástico...

—Sí, sí. La mayoría del tiempo.

—¿Van a Dover con frecuencia?

—En el último tiempo, sí. Tenemos negocios allá.

—Qué bien... ¿Qué clase de negocios?

—Trabajamos con una institución de caridad.

—Lindo trabajo. Yo trabajo con los ferrocarriles. La compañía me mandó para que investigue a los revisores del tren. Parece que no han estado cumpliendo con su trabajo. Usted sabe, cuando los trayectos son cortos se adormilan y prefieren ponerse a beber que pedir los boletos. Hace tres semanas que no los piden. De casualidad, ¿ya se los han pedido?

—No, no.

—Es idignante, ¿verdad?

—Sí, sí, indignante. Verdaderamente inconcebible.

—Usted deberá excusarme pero creo que voy a ir a buscar a ese irresponsable. Ya verá ese lo que es jugar con los ferrocarriles de su majestad. Perdóneme, señor. Encantado de conocerlo. ¡Vamos, querida y llama a la nena! Adiós, señor.

—Adiós.

En ese momento debía tener el muslo sangrando de tanto apretármelo para contener la risa. Walt y Thomas tenían los ojos aguados y un rictus en la boca que indicaba que se habían estado mordiendo la lengua. Cuando la familia salió, estallamos de la risa y Thomas descorchó una botella de vino que tenía en su maleta. Nos la pasamos y fue sólo en este momento que me di cuenta de que había un hombre pequeñito, despelucado y con cara de haber tomado más de la cuenta, sentado junto a la ventana de nuestro compartimiento y recostado en el vidrio. Hablaba para sí mismo algo en un idioma que al principio no comprendí pero que luego me di cuenta de que era español. Walt y Thomas hablaban entre ellos y luego se quedaron dormidos, mientras yo observaba detenidamente al hombrecito que decía:

"Que no hagan callo las cosas ni en el alma ni en el cuerpo, pasar por todo una vez, una vez solo y ligero, ligero, siempre ligero".

Me quedé mirándolo un rato más, hasta que él también se quedó dormido. Pensé que debía ser un actor de teatro o un profesor de literatura, porque ¿quién más es capaz sobre el mundo de recitar cabronadas como esa?

Ahora bordeábamos el mar y estábamos próximos a llegar a Dover. Desperté a los daneses y les dije que ya era hora.

—¿Hora de qué? —dijo Walt todavía adormilado.

—De saltar —le dije yo.

Fuimos hasta la puerta y nos preparamos para saltar. No es que en verdad tuviéramos que hacerlo, pero habíamos visto tantas películas donde lo hacían, que creíamos que de alguna manera debíamos rendirles un homenaje.

Thomas abrió la puerta y saltó primero. Walt, quien llevaba un morral, se lo puso en los hombros y saltó como si fuera un paracaidista. Me demoré un poco en saltar. No podía borrarme la imagen del hombrecito del compartimiento. Luego me repetí que yo también debería pasar por todo una vez, una vez solo y ligero, y entonces salté.

Cuando caí, Thomas se estaba limpiando el polvo de la ropa y Walt jugaba con el osito Ciril que no sabía a qué hora le había quitado a la niña. Me les uní y Thomas dijo:

—Ese osito de mierda nos va a traer problemas, Walt.

—Deja de ser tan melodramático. Este osito fue hecho para estar conmigo, ¿verdad, Ciril? —dijo Walt dirigiéndose al oso.

A mí me desagradaba el osito tanto como a Thomas, pero me dije que no debía prestarle atención. A los amigos hay que tratar de entenderlos, aun si se han robado el osito de una niña.

Caminamos hasta la playa. Walt se desabotonó la camisa, que ahora le ondeaba como una capa detrás de la espalda. Se cruzó de brazos y dijo que se sentía como William el Conquistador. Thomas le dijo que William el Conquistador no había desembarcado en Dover sino en Cornwall, y que eso estaba bastante lejos de allí. Walt se sonrió y le dijo:

—Da igual, da igual.

Para mí, William el Conquistador había desembarcado hacía casi mil años en ese punto exacto.

VII

Eran cerca de las 11 de la mañana cuando llegamos a Dover. Teníamos sed y nos sentamos en un pub llamado El Pony Salvaje, que quedaba en el puerto, justo frente a la entrada de pasajeros provenientes del continente.

En la barra estaba sentada una mujer de unos 20 años. Tenía el pelo claro y largo, era delgada, de piel muy blanca, casi amarilla, en la que podías ver levemente dibujadas sus venas, un rostro bastante agradable y unos ojos realmente lindos, como un cuadro de Botticelli que algún día vi en un museo, y que me quedé observando por horas, y eso que a mí siempre me han desagradado los museos, y a éste sólo había entrado porque estaba lloviendo como sólo podría llover en los relatos bíblicos, y ahí me quedé medio embrutecido frente al cuadro, hasta tal punto que me acuerdo del pintor y todo, yo que me precio de no saber nada de pintura ni de esas cosas. Pero este cuadro sí me tocó, era como si el tipo hubiera captado algo del aliento de Dios en su obra, o algo así; un poco de Dios debió quedarse ahí encerrado, como debía estar encerrado en la mujer de la barra. Sí, definitivamente cuando Dios decide hacer un ser bello, lo premia con todos los atributos, mientras el resto nos quedamos con las sobras. Me quedé mirándola un rato y ella se dio la vuelta incómoda. Es con esta clase de mujeres que me siento desvalido, incapaz de acercarme o hacer algo. Si veo una mujer voluptuosa y que yo considere de cierta manera inferior, puedo abalanzarme sobre ella como lo hace un animal hambriento con su presa. Puedo follármela en poco tiempo y luego salir tan tranquilo y contento como lo haría un amante del fútbol que sale de ver el partido de dos equipos que ni siquiera conoce, pero que han jugado tan bien, que sólo verlos ha sido bueno. Pero con una mujer como la de la barra, me quedo mudo, no puedo moverme, es como si me hubiera congelado en el Ártico a la espera de unas provisiones que nunca llegarán, cuando ya todos los amigos han muerto.

Si por alguna extraña casualidad logro hablar con alguna de ellas, me porto como un imbécil y deseo que jamás se me hubiera acercado. Creo que me asusto tanto porque sé que una mujer así podría tocarme, y eso no está contemplado en mis planes inmediatos. Siempre he admirado el sentirse fuerte, vivo, y odio cuando alguien me lleva a un estado de zozobra constante. Entonces me vuelvo lacrimoso y ridículo, como un viejo gladiador que no quiere aceptar que ya está muy viejo para pelear y no quiere abandonar la arena.

Por eso me fui al baño a lavarme la cara y a recordarme, frente al espejo, que no hay nada mejor que estar con los amigos. Con ellos podemos pasar horas y horas, y aunque estemos aburridos y deseando estar con una mujer, sabemos que siempre estaremos calmos en su compañía, o al menos podemos culparlos por nuestro destino y eso alivia un poco.

Cuando regresé del baño, Thomas y Walt estaban tomándose un whisky al que, según decían, les había invitado un viejo marica que estaba sentado en la mesa del fondo. Hacían el inventario de las cosas que podíamos vender. Había de todo, desde zapatillas de ballet hasta pulpo en conserva. Relojes, monedas en conmemoración de la Revolución francesa, muñecas de trapo, había hasta un caleidoscopio con espejitos que cambiaba la forma de sus dibujos según se enfocara.

Mientras yo me paraba a poner algo en la *jukebox*, Walt y Thomas se habían cambiado a la mesa del viejo, que ahora estaba contentísimo. Puse una canción triste de Robert Johnson que lleva por nombre "Crossroad blues" y que siempre me ha gustado.

Fue en ese momento que el viejo comenzó a gritar, ya borracho, y a coger por los brazos a mis amigos, y a pedir más whisky y a hablar de cuando él mismo había salido de Dover en el 45 para desembarcar en Normandía, y cómo les dimos a esos alemanes de mierda, y más whisky y ginebra y lo que tenga, porque hoy quiero brindar con mis nuevos amigos, y yo pensaba que le iba a dar un paro de lo rojo que estaba, y él sacaba más y más dinero y se lo daba a Thomas y Walt, porque hay ciertos lujos que un pensionado puede darse, sobre todo cuando se está con dos muchachos tan buenos mozos, y ¿dónde está ese trago? Y Walt y Thomas se reían a carcajadas y le pegaban palmadas en el hombro al viejo, y le picaban el ojo y le sacaban más dinero, porque ellos como yo odiaban a los maricas y decían que había que aprovecharse de ellos, y aunque a mí siempre me han dado lástima, jamás me sentiría capaz de sacar ventaja de ellos, porque sentiría que estoy jugando con algo con lo que no se puede jugar, y es que yo siempre he tenido mis moralismos imbéciles, pero es que hay cosas con las que no se juega, y un viejo marica es ante todo un viejo y a los viejos hay que respetarlos, así tengan una camisa de seda azul celeste con el cuello parado y un pañuelo rojo, de seda también, y zapatos blancos de charol, como los que tenía aquel hombre.

Yo cantaba junto con Robert Johnson: *I went to the crossroad, mama, I looked east and west*, y él cantaba mejor que nunca, cuando la rubia de la barra se para y se viene derechito hacia mí, mientras yo sólo me digo: ¿Por qué, por qué?, que no se acerque si luego se va a ir. Y ella se sienta en mi mesa, sosteniendo su ginebra con tónica, y me dice:

—¿Tienes un cigarrillo?

Y yo le contesto que no, que yo no fumo, yo que tenía los bolsillos a estallar de cajas de cigarrillos.

—Yo nunca he podido dejarlo.

Sigo oyendo esa guitarrita que parece de juguete pero que no tiene nada que envidiarle en espíritu a la Filarmónica de Berlín, y a Robert Johnson que canta: *I went to the crossroads, fell down on my knees.*

—Estoy esperando a mi novio.

Y ahí está la frasecita esa. ¿A mí qué mierdas me importa si tiene un novio?

—La felicito.

—A veces me aburro, quisiera tener más amigos... Mi novio es muy celoso... Pareces un tipo simpático... ¿Cómo te llamas?

—Obelix y tengo un perro que se llama Ideafix, aunque creo que el de las ideas fijas soy más bien yo.

Ella se ríe y me dice que soy muy lindo, y yo me pregunto por qué putas siempre tengo que parecer lindo o simpático o interesante; los tipos lindos, simpáticos o interesantes nunca follan; yo lindo, yo que quisiera tener cara de matón o de preso.

—Sí, a veces me aburro —dice ella cadenciosamente.

Y yo pienso que siempre se aburren, siempre quieren estar divirtiéndose, por eso se pone a hablar conmigo esperando que llegue el novio al cual en verdad quiere, a ver si nos coge con las manos en la masa, y ¡cómo nos divertimos!, más aún si el tipo es campeón de boxeo, y ja, ja, ja, tengo la cara como un pimiento, y ja, ja, ja, cómo quiero a las mujeres.

—Pero, ¿te divertiste? —le preguntará el imbécil que será un negro de dos metros, porque las niñas de este tipo se mueren por un negro o por un obrero—. ¡Como nunca! —responderá ella, y vámonos que la fiesta ya terminó. Sí, ya habrá terminado, como todo se termina, como ya terminó todo con una mujer con quien estuve un tiempo, quien un día me dijo:

—Me aburrí de ti y ahora tengo otro.

Así sin más, y yo que soñaba pasar la vida entera con ella y hacerla sentir bien y caminar con ella los domingos y oírla hablar de todo como si fuera un loro.

Y ese mismo día me fui a emborrachar a un bar cualquiera, yo que siempre tomaba por todo y por nada, pero ese día tenía una razón fuerte para hacerlo y eso me hacía feliz. Creo que llegué a suspirar y a maldecir mi suerte, porque aunque no lo quiera aceptar yo también tengo un pájaro azul escondido en mi corazón, al que no dejo salir y al que no permito que nadie vea, y al que escondo con el trago y los cigarrillos y los folles esporádicos, y por eso cuando la vi llegar al bar con la lagartija esa por la que me dejó, me paré como una fiera y agarré al pobre imbécil y le pegué un cabezazo que le hundió el tabique, y yo entonces recordé los días en que matábamos el cerdo para la Navidad, cuando todos éramos felices, ensangrentados como viejos paganos, y ella me gritó y me dijo:

—¡Salvaje!, yo pensé que tú eras decente pero eres sólo un borracho más.

Y yo me sentía como cuando Arturo enterró a Excalibur en medio de Lancelot y Ginebra, triste y victorioso a la vez, y la hice a un lado, y le hubiera pegado también, pero mi pájaro azul había comenzado a cantar, y qué bonito cantaba.

Años después la volví a encontrar y se había casado con el tipejo ese, que cada vez que me ve se quita el sombrero y me dice: "¡Señor!", y luego ella muy cariñosa me dijo que debió haberse casado conmigo, que yo ahora era alguien, y que su esposo había terminado siendo un borracho, y ¿qué tienen contra los borrachos?, me digo yo, y que era un bueno para nada. Continuó diciéndome que ella siempre me quiso, pero que me quería tanto que temía no poder sobrevivir, y entonces yo me pregunté por qué follaba con todo el mundo y no conmigo si me quería tanto, y tampoco entendí por qué la seguía oyendo. De todos modos ese día terminamos follando, y yo me sentía como un dios o como el mismo Arturo cabalgando victorioso antes de la última batalla, porque yo la cabalgaba y le gritaba con rabia, y mientras tanto me decía a mí mismo con los ojos cerrados que sí había justicia, que aunque las cosas se demoraran en llegar llegaban, y yo terminé con una sonrisa en los labios, y me paré y le lancé un billete y salí caminando, mientras ella me insultaba y me decía que era un cerdo, pero que ahora sí estaba enamorada de mí, que ahora me importaba un culo.

Walt y Thomas estaban con los bolsillos a reventar de dinero y dormidos sobre la mesa, mientras el viejo les acariciaba las cabezas y cantaba con los ojos aguados "Ich bin der Welt" de Gustav Mahler, y yo no entendía cómo en un pub de esos iba a sonar Mahler, pero es que hay cosas que es mejor disfrutar sin intentar comprender. Luego el viejo me miró y me dijo:

—Lo único que tienen y han tenido de bueno los alemanes es a Mahler. ¡Lo único! —y seguía acariciando a mis amigos.

—¡Lindo viejo! —dijo la mujer de la barra, que ya había terminado su trago.

—Creo que mi novio no vendrá, entonces me iré. Ha sido agradable hablar contigo. Ojalá nos volvamos a ver algún día. ¡Adiós! —y se fue dándome un beso en la mejilla.

—Sí, adiós, gran puta, adiós —dije yo terminando mi cerveza.

VIII

Una de las características de los bares ingleses es que aparte de vender licor, también venden otros elementos de diferente utilidad. A nuestro pub entró una viejita que quería comprar unas bolsas de té y de paso tomarse una sidra, ese trago de manzana que tanto gusta a las mujeres en Inglaterra.

Comenzó a hablar con el barman, de quien parecía ser vieja amiga. Nos lanzó una mirada de desaprobación y nos dijo, pensando que éramos ingleses:

—¡Con razón que ya no tenemos un Imperio! Nuestra bella Bretaña se desangra y todos piensan que la única manera de evitar el dolor es emborracharse. Tim, ¿viene ese té o no?

Mientras la veía me preguntaba por qué Inglaterra había muerto. Era una tierra donde sólo había viejos que criticaban a los jóvenes. Era un pueblo cansado que no podía aceptar el ocaso de su gloria, y bueno, ¿quién querría aceptar algo así?

Yo había ido a Gran Bretaña con la esperanza de encontrar una tierra apasionada, fuerte, la tierra de Coleridge y de Stevenson, una tierra llena de piratas y de grandes guerreros, la tierra de Morgan y de Gawain, y lo único que encontré fue un país de viejos jodidos que se quejaban por el alza en los precios y que recordaban los buenos viejos tiempos mientras veían su programa de concursos en la televisión. La vejez puede llegar a ser una enfermedad incurable, e Inglaterra era vieja sin remedio.

Salí del pub y como el barman no me dijo nada, pensé que el viejo, que ya no estaba con nosotros, había pagado por todos. Walt y Thomas seguían dormidos y roncaban sobre la mesa.

Comencé a caminar en dirección al mar por las calles ahora desiertas de Dover. No sabía que debido al Eurotúnel, que ahora comunica el Reino Unido con el resto de Europa por vía terrestre, las compañías de *ferrys* habían iniciado una huelga indefinida y entonces la ciudad, que ahora era un puerto moribundo, parecía uno de esos pueblos estadounidenses de principios de siglo, después que las minas de oro habían sido vaciadas. Lo único que lograba crear en mí esta atmósfera era una cada vez más grande sensación de desarraigo y de no pertenencia a ningún lugar: yo era un Robinson sin isla y sin hogar.

No sabía si regresaría al pub o si me iría lejos otra vez o si solamente me mataría. Nunca he creído en el suicidio, se me hace cosa de imbéciles, aunque no pasa un día en mi vida que no piense en la posibilidad de hacerlo: en un bus, en un puente, frente a un horno. Es más un ejercicio que me gusta hacer para darme fuerzas, para afirmarme y para sentirme vivo. Sin embargo, jamás lo había pensado con tanta fuerza como en aquel entonces. Sí, acabar la vida de un tajo, así sin más miramientos. Acabar sin haber comenzado nada.

"¡Qué mierda!", me dije. "¡Es insoportable!", y maldecía a la mujer de la barra y a las mujeres en general. Era sólo culpa de ella el que yo ahora me encontrara en ese estado. Me había recordado cuán agradable es estar junto a alguien, y eso sólo me hacía ver cuán solo y jodido estaba. Yo, que debería estar borracho y feliz, cagándome en todo junto a Thomas y Walt, a quienes no quería volver a ver.

Y la mujer estaba ahí y no podía quitármela de encima y yo me hundía más y más, cada vez con más asco y repitiéndome que era un imbécil y un blando y qué diría papá si me viera, y qué mierda es todo.

Una puta vieja y gorda me salió al encuentro, me cogió del brazo y me empezó a acariciar el pecho. Debía tener como 60 años y probablemente un montón de hijos. Tenía las tetas caídas hasta el ombligo y un tufo bastante particular, mezcla de trago, hambre y semen. Parecía encarnar lo más repudiable del mundo, lo más vil, como una hija del retrato de Dorian Gray. Me decía con ese tufo insoportable que por sólo cinco libras me podría llevar al Paraíso y yo al verla pensaba que si en el Paraíso sólo había mujeres como esa, lo mejor era venderle mi alma al diablo y así quizás podría unirme a la tripulación del holandés errante, que había vendido la suya por un poco de viento, y así finalmente hacerme a la mar.

La hice a un la do de un empujón y ella me comenzó a gritar groserías y a decirme que era un desgraciado y que si ella fuera joven entonces yo sí le habría hecho caso y que no me habría dado pesar de ella y que no le habría pagado cinco sino treinta o más libras. Empecé a correr y a maldecir a Dios y a preguntarle que si en verdad era su deseo que yo me matara o si no por qué me había mandado a la puta esa, y también la maldije a ella y con ella a todos los viejos y me pregunté si no habría manera de matarlos a todos juntos con una bomba antisenil, sí, la bomba geriátrica que borraría del mapa a todos los viejos para que el mundo fuera feliz y no hubiera más problemas. Y luego pensé que si juraba, no lo haría ante un dios viejo, igual de jodido y cansado que el resto, y juré que jamás pasaría de los treinta.

Había llegado al mar casi sin darme cuenta. Me senté en la playa y me quedé mirando el océano con la mirada perdida en él por un buen rato. Saqué una de esas botellitas de metal revestidas de cuero que usan los cazadores cuando van de caza, los marinos cuando se hacen a la mar, los millonarios cuando no saben qué hacer con sus millones o los simples bebedores como yo. Le di un buen sorbo y sentí cómo el whisky me bajaba por la garganta, estremeciéndome. La volví a guardar en el bolsillo de atrás del pantalón y me acosté a mirar las formas de las nubes. Había una con forma de dragón, otra con forma de árbol, otra con forma de tortuga. Recordaba a Thomas hablándome de ellas. Siempre me habían gustado las nubes, pero jamás me había detenido a verlas, y me di cuenta de que en verdad sí son grandiosas. Thomas, sin darse cuenta, había logrado cambiar algo de mi percepción sobre el mundo. Bueno, creo que eso es de esperarse de los amigos.

La tarde estaba cayendo cuando comenzó a soplar una fuerte ráfaga de viento que me reanimó. Tuve una sensación de vacío que me bajaba por todo el cuerpo y que no estaba nada mal. Se me aguaron los ojos, en parte por el viento y en parte porque quería llorar. Me los froté y respiré con fuerza. Luego me arreglé la chaqueta. Prendí un cigarrillo y me puse a fumar y a jugar con el humo. Creo que esa es la única razón por la que fumo, para jugar con el humo y hacer anillos y otras figuras y verlas desvanecerse en el aire. Por eso me gusta fumar solo, cuando nadie me ve. Si alguien conociera a alguno de mis antiguos amigos, éste le diría que jamás me ha visto fumando. Fumo porque me gusta de cuando en cuando sentir el cosquilleo del humo en la boca, sólo por eso. Lancé el cigarrillo con estilo y lo vi rebotar lanzando chispas sobre la arena. Me empezaba a sentir mejor y me dije que había sido un imbécil. Ahora el solo hecho de ver el mar y estar junto a él hacía absurda la idea de la muerte. Además me recordaba que yo no quería morir solo y abandonado como un perro: quería morir con alguien a mi lado y que se me hicieran grandes funerales, como los de Patroclo, y que mi memoria no muriera nunca. Yo era muy engreído y bien lo sabía, como aún lo sé, pero también sabía que si quería unos funerales como esos, aún tenía mucho por hacer.

En la playa, un niño jugaba con su cometa. Yo lo miraba correr intentando elevarla y me acordaba con cierta nostalgia de la querida Suramérica donde siempre se veían niños por todas partes, tantos que uno se cansa, y me pregunté hacía cuánto que no veía un niño, yo, que estaba contentísimo de verlo en ese país de dinosaurios, y más me alegré cuando el niño se me acercó, un niño como los que aparecen en los cuentos y que siempre son lindísimos y siempre parecen ser enviados de Dios, y yo me pregunté si ese niño no sería el mismísimo Dios que me decía:

—¿Quieres jugar con mi cometa?

Y yo le dije que sí, que era lo que más quería en el mundo, y el niño me miró extrañado pero estaba contento de tener un compañero con quien jugar, y es que siempre necesitamos de alguien con quien jugar. Yo le sostuve la cometa mientras él tomaba ventaja y me gritaba que corriera un poco porque si no la cometa se podía hundir en el mar, y entonces yo me moví unos metros y el niño siguió corriendo a más no dar. Luego me gritó: "¡Suéltala!", y yo la dejé elevarse, y la desgraciada subía y subía y parecía que no quisiera dejar de subir y el niño se me acercó corriendo con el cordel en la mano, y ambos nos reímos de la felicidad, nos reímos ese niño de pelo rojo y dientes de leche y yo, de la misma manera que un padre lo hace cuando abraza a su hijo que acaba de llegar de la guerra. Y nos reímos y nos reímos, y el niñito me abrazó la pierna y siguió riéndose mientras yo, que aún seguía sonriendo y viendo la cometa allá arriba, pensé que nuestro corazón y nuestra vida deben ser como una cometa alta para que no se hunda en el mar.

Me puse al niño en los hombros, caminé un trecho con él encima y nos quedamos viendo el mar bajo los últimos rayos de sol. La madre del niño, a quien no había visto, se acercó sonriendo y dijo:

—Vámonos, Josh, que ya va a oscurecer.

Yo bajé al niño de mis hombros y le sonreí a la señora, una de las mujeres más hermosas que jamás haya visto. Me devolvió la sonrisa, con una de las sonrisas más dulces y sinceras que jamás haya recibido. Cogió de la mano al niño y le dijo:

—Dile gracias al señor, Josh.

—¡Gracias! —dijo Josh. Y ambos se fueron caminando.

Los seguí con la mirada hasta verlos perderse, yo, que sería capaz de matar al cabrón del esposo de esa mujer, si tuviese alguno, con tal de vivir con Josh y con ella por siempre.

Me quedé un rato más en la playa hasta que casi oscureció. Regresé por las mismas calles por las que había ido, evitando la calle de la puta. Finalmente estuve frente a la puerta del pub donde había dejado a Walt y a Thomas. Tomé aliento y abrí la puerta. El pub estaba repleto de gente y todo el mundo parecía contento. En el centro se había formado un círculo de personas que rodeaban y aplaudían a mis amigos daneses, que ahora bailaban una giga. Yo comencé a aplaudir, mientras veía bailar a ese par de payasos. En un momento, Thomas levantó la cabeza, me vio y gritó:

—¿Qué te habías hecho? Te estábamos esperando. ¡Ven a bailar con nosotros! —luego le gritó al barman—: ¡Una cerveza para mi amigo!

Me les uní y los abracé con fuerza y todos comenzamos a bailar. Estábamos en un estado de euforia bastante extraño. Dejé de bailar y me separé un poco cuando llegó mi cerveza; le di dos buenos sorbos mientras los seguía viendo bailar. Fue en ese momento que me acordé de la mujer de la barra y fue como si todo se hubiera puesto más lento, como si la música se hubiera ido. Yo sonreía tristemente y veía a todo el mundo en cámara lenta, veía a Walt que me hacía señas con la mano invitándome a unírmeles y a bailar junto a ellos. Me eché un poco de cerveza en la cabeza, me pegué en la sien con el puño intentando reanimarme, bebí el poco de cerveza que me quedaba y pensé que todo se podía ir a la mierda.

Luego sonreí y me lancé a bailar con ellos, mientras la música y todo lo demás volvía a la normalidad.

IX

—¡Nick, abre la puerta! Sé que estás ahí —gritaba
mientras golpeaba la entrada del Banbury Road número 12.

Esperamos un buen rato y nos vino a abrir una rubia
con levantadora que dejaba entrever el comienzo de sus
pechos. Tenía dos lunares en medio de ellos, perfectos
para hacer el mejor de los elefantes, pensé mientras me
sonreía mirando el piso. Esta era una broma estúpida,
que algún buen amigo, de los que no se quedan mucho,
pero que siempre guardamos en nuestros corazones,
alguna vez me había enseñado: cuando se tienen dos
lunares, se pellizca en medio de ellos haciendo que
parezca una trompa, y ese es un elefante. Mi amigo
se la pasaba buscando lunares para hacer elefantes. Se
acercaba silenciosamente, te pellizcaba y salía con una
sonrisita victoriosa. Sin embargo, y como con todas
las cosas que te obsesionan, una vez mi amigo fue
demasiado lejos, si se puede ir a este lugar, y después
de haber tomado más de la cuenta en un bar bastante
peligroso del East End de Londres, lugar de reunión
de todos los ex presidiarios irlandeses y sus novias, dijo
haber encontrado los dos mejores lunares que jamás
hubiera visto, justo en el escote de la novia de Bill
"the Pig" McNamara, jefe del escuadrón de una de las

más fuertes bandas de terroristas del IRA. Mi amigo se paró tambaleándose y se acercó a la novia de "the Pig". Ella se sonrió extrañada sin saber qué era lo que iba a pasar. "The Pig" estaba de espaldas hablando con otro matón acerca de la revolución y de la liberación de Irlanda, cuando escuchó a su novia gritar, mientras mi amigo en medio de sus tetas manoteaba contento y gritaba: ¡lo logré, lo logré! "The Pig" se paró y comenzó a zarandear a mi amigo y a decirle que qué le pasaba y que si no sabía con quién se estaba metiendo, que él era un tipo tranquilo pero que cuando se metían con su mujer se enloquecía, y es que con las mujeres de otros hombres no hay que meterse, aunque ellas se lo busquen, porque eso es jugar con fuego, pero eso parecía no importarle a mi amigo que sólo quería hacer elefantes y verlos en diferentes pieles y texturas, mi amigo que balbuceaba que él sólo quería hacerle el elefante a la mujer, y entonces "the Pig" se cabreó aún más y le dijo que encima se atrevía a decirle qué era lo que quería hacerle a su novia, y entonces se volteó y le pegó a la mujer y le preguntó si conocía a ese tipo de antes, o que si no por qué él sabía cuál era la posición que ella mejor hacía, y ella le respondió que no entendía nada, que jamás había visto a ese hombre en su vida, y que el elefante sólo lo hago contigo, cerdito mío, y "the Pig" le volvió a pegar y le gritó que todas son iguales, que siempre dicen mentiras, y que él debió haberse quedado en Irlanda de pastor y conseguirse una campesina de trenzas que cocinara bien y no hablara mucho y que supiera hacer masajes, porque una mujer que no sepa hacer masajes no sirve para nada, y no dedicarse a una causa perdida que son las mujeres, porque ni se piense que no vamos a ganar esta guerra y que Irlanda será libre algún día. Y fue en ese momento que "the Pig", completamente descontrolado, sacó su revólver y le pegó a mi amigo —quien todavía gritaba: ¡Lo logré, lo logré!— un tiro en la sien, y mi amigo cayó desparramado con una sonrisa triunfal mientras sus sesos quedaban pegados al techo, que es el mismo cielo, donde ahora mi amigo hace los mejores elefantes, y todo el mundo empezaba a gritar asustado y a salir corriendo, al tiempo que "the Pig" vaciaba su cargador en el aire y gritaba eufórico:

—¡Qué viva Irlanda!, y vamos a matar a todos estos hijueputas ingleses.

Lo que acabo de contar me lo narró el acompañante de mi amigo, a quien ese día molieron a golpes y se salvó de morir también porque recitó unos versos que había aprendido de niño y que decían:

"Viejos tiempos. Los gansos salvajes vuelan en bandada, rumbo a la tormenta como ya la encararon antes. Porque donde haya irlandeses habrá pelea, y cuando no haya pelea, Irlanda se acaba, Irlanda se acaba", y porque dijo que su abuela era irlandesa, y entonces "the Pig" le dijo con lágrimas en los ojos: "¡Compañero!", y sólo por eso no está muerto, porque Irlanda es una y la sangre es fuerte, y a un hermano hay que castigarlo pero jamás darle muerte.

Walt, Thomas y yo mirábamos fijamente, como embrujados, los pechos de esta mujer, que avergonzada se cerró la levantadora tapándole los ojos al elefante. Gracias a este gesto ridículo nos dimos cuenta de que hacía mucho tiempo no estábamos con una mujer y que nos estábamos empezando a desesperar.

—¿Está Nick en casa? —pregunté.

—Sí, sigan. Está bañándose.

—Voy a hacer un café. ¿Quiénes son tus amigos?

—Son dos daneses que conocí hace un tiempo. El que está recostado contra la pared es Thomas y el que está sentado en el piso jugando con el oso es Walt.

Ambos le hicieron una seña con el brazo. Ella sonrió.

—Bueno, voy a hacerles ese café. Nick no ha de tardar. ¡Pasen!

Walt y Thomas siguieron a una especie de sala y se echaron en un sofá. Ambos se quedaron dormidos rápidamente. Yo seguí a la mujer a la cocina. No tenía sueño y quería charlar un rato.

—Tú eres el que escribe, ¿verdad? —me preguntó.

—Sí, algo. Cada vez menos.

Es esa una de esas preguntas molestas que uno no sabe cómo responder, que uno siempre quiere negar, pero que me he dado cuenta de que es mejor contestar con la verdad. Es una de esas preguntas parecidas a las de si eres virgen a los veinte y no quieres aceptarlo, o si todavía te orinas en la cama, o cosas por el estilo.

—¡Qué bien! Yo estudio historia en el Trinity College. Es un poco aburrido pero es lo mejor que puedo hacer por ahora. Sé que necesito ese diploma si quiero hacer algo después. Me gustaría escribir pero no estoy segura de tener algún talento. Es un poco triste, pero ¿qué le voy a hacer? Creo que debería irme a viajar para luego tener algo que escribir. Aun así no sé si es lo que terminaré haciendo. A lo mejor me termine casando con algún imbécil que me aguante y que siempre me repita cuán linda soy.

Yo sonreía mientras la escuchaba. Siempre me ha gustado esa cualidad que tienen algunos ingleses de burlarse de la propia vida, me parece que demuestra un espíritu fuerte. Me agradaba mucho esta mujer. Era linda, olía muy bien y era bastante lúcida, si eso es posible decirlo. Era una de esas mujeres que te recuerda que no todas las mujeres son unas cerdas, ni unas imbéciles, ni unas perras; era de la clase de mujeres que jamás estarán contigo, porque son demasiado inteligentes como para hacerlo.

Estaba asombrado y no entendía cómo el imbécil de Nick la había conseguido. De todas maneras, es ésta una pregunta que uno nunca debe hacerse porque jamás comprendería.

—Voy a comprar algo de comer porque no queda nada —dijo la mujer y se vistió rápidamente. Luego salió.

Cuando el café estaba listo, Nick salió del baño envuelto en una toalla. Era un tipo poco común para ser un inglés, parecía más de una colonia. Era moreno, de espaldas anchas y cara poco agradable. Al verlo comprendía cada vez menos a la mujer. Se me acercó, me tendió la mano y me preguntó cómo estaba. Sirvió un poco de café y prendió uno de esos ambientadores hindúes, parecidos al incienso, que desprenden un olor particular. Nick era un tipo extraño, muy reservado para algunas cosas y a quien parecía que nada le importaba realmente, quizás sólo su carro.

—Tu amiga me dijo que habías dejado el trabajo —dije.

—Yo no tengo amigas.

—Bueno, la rubia que nos abrió la puerta cuando llegamos y nos preparó el café.

—Sí, Gloria. Una de esas mujeres que han leído unos cuantos libros en su vida y que se creen las historias que ahí escriben, y se sienten sensibles y únicas, y que creen que pueden cambiar el mundo entero, en especial a los hombres y toda esa mierda —dijo Nick con un dejo de amargura. Vaya uno a saber qué le habría hecho Gloria.

Lo que está claro es que en ese punto no sabía si pegarle a Nick hasta reventarlo, o abrazarlo, porque hay momentos en los que un hombre, así sea tu amigo, puede ser el ser más despreciable sobre la tierra. De todas maneras era posible que me hubiera dejado asombrar demasiado por la rubia, cosa bastante fácil dada mi naturaleza impresionable e ingenua, y decidí no prestarle atención. Además, la amargura de un amigo siempre tiene su explicación real, de eso sí puedo dar fe. Yo quería el carro de Nick y no a la rubia, y esto creo que lo tenía bastante claro.

—Recuerdas que en la fábrica me dijiste que tenías un carro con el que querías hacer un recorrido largo algún día. Un Ford Mustang, si mal no recuerdo —dije.

—Del 74, sí —respondió.

Walt y Thomas seguían dormidos en el sofá. Los desperté contra mis principios, porque siempre he dicho que despertar a alguien es un pecado, algo que va contra la naturaleza. Se desperezaron, les serví un poco de café y les conté lo más brevemente posible lo que acababa de ocurrir. Comenzaron a hablar en danés, y es que éste es un idioma en el que uno no sabe si la gente está a punto de matarse o si sólo se está comentando acerca del alza en el precio de las zanahorias, o si tienen ganas de vomitar, cuando Gloria llegó con una bolsa de pan. Le dio un beso a Nick, que permanecía inerte, y me sonrió. Para entonces yo ya estaba prendado de la mujer, y es que una mujer que traiga pan es digna de ser alabada y venerada como si fuera una virgen de pueblo, y cuando hablo en particular de esta imagen es porque recuerdo la virgen que estaba en la capilla de uno de los pueblos que visitábamos con papá y donde me encontré con Dios por primera vez, cuando todavía era un niño, a la que llegaron unos japoneses; querían llevársela y tomarle fotos, a nuestra virgen, porque estos tipos piensan que todo se puede comprar y todo se puede fotografiar, y no respetan lo sagrado de otros pueblos; y donde uno les toque la taza más insignificante para la ceremonia del té, se arma el zafarrancho; claro, en otros pueblos está bien hacerlo, piensan ellos, por eso no les importó llevarse a nuestra virgen y tampoco les importó cuando a la mañana siguiente el párroco del pueblo apareció colgado de una viga de la iglesia con una carta en las manos, en la que escribía una maldición contra los amarillos. Y es que no respetan nada, digo yo, y todo lo creen poder comprar, por eso nos dieron más dinero como indemnización para comprar la muerte de nuestro capellán, del padrecito que me hizo su monaguillo por unos pocos días y que me regalaba estampitas de los santos que yo coleccionaba y pegaba en las paredes de mi cuarto, y me contaba historias de la Biblia que yo encontraba tremendas, porque en ese entonces yo me sentía muy religioso, y mi imagen de Dios era la imagen de ese padrecito que me contaba sobre Job y los cananeos y los mártires y los buenos y los malos, y es que los buenos siempre ganan, y yo era muy bueno. Y mi bondad me convirtió en un cruzado, aquel que quiso salir en busca de esos amarillos de mierda, a ver si los podía matar y así hacerle justicia al padrecito, porque yo me sentía un ángel justiciero, yo era Abbadón el exterminador y estaba en una guerra santa contra los amarillos. Entonces dejé a mi familia y vi cómo la cruzada era imposible. Fui testigo de cómo mi vida y mi fervor religioso murieron, porque ya no tenía un padrecito que me contara historias, y sólo llegué hasta Inglaterra donde ahora me encuentro, pero juro que algún día llegaré al Japón y mataré a todos esos malparidos en nombre de mi padrecito, y es que a mí esta clase de historias de venganzas me enloquecen, como me enloquecía la mujer de Nick con su bolsa de pan, porque me encanta el pan y jamás comprendí por qué era un castigo quedarse a pan y agua, porque para mí eso sería la gloria, y Gloria creo que se llamaba esta mujer, pero en esos días me había hecho muy blando y me enamoraba con más facilidad y sólo pensaba en mujeres, por eso quería que ese viaje comenzara rápido, a ver si mi cabeza se ponía en otras cosas, y por eso le dije a Nick que viniera con nosotros.

—Esta noche salimos. Encantados de conocerte, Nick. Yo soy Thomas y él es Walt.

Y Nick dijo:

—¡Espléndido! Hola, Walt; hola, Tommy.

—Es Thomas —dijo Thomas, a quien yo sabía que odiaba le dijeran así y que también odiaba la palabra espléndido, y yo me empezaba a preguntar si no habría cometido un error al unir a estas tres personalidades, pero ya qué le iba a hacer.

X

—¡Oigan cómo ruge, oigan cómo ruge mi gatito! —decía Nick enternecido y con una oreja pegada a la tapa del motor, que acariciaba—. ¡Es un rugido como no hay otro! La Ford hizo este carro en 1974 como jamás se volverá a hacer otro. Fue el primer Ford Mustang con 6 cilindros en V y 2.3 litros de capacidad. Tuvo el primer motor producido masivamente en Norteamérica, toda una obra de arte. Hasta tuvo el logo del caballito rediseñado. Escúchenlo, escúchenlo cómo me dice: "¡Vámonos Nick, estoy listo, quiero irme y levantar el polvo, déjame ir ya! ¡Escúchenlo!".

Yo veía a Nick como jamás lo había visto. Estaba completamente transportado, era como si fuera un enano de cuento y le hablara a un tesoro escondido que tuviera. De todas maneras sí era un lindo carro, eso era indudable. Parecía un joven que luego de haberse entrenado por un buen tiempo, estuviera ansioso de partir a la guerra, un hoplita de los tiempos clásicos.

Nuestro escaso equipaje ya se encontraba en el maletero, que como todo el carro, a excepción del motor, era bastante estrecho; y ahora nos disponíamos a echar a la suerte quién sería el primero en conducir. Todos decíamos que no importaba quién manejara primero, pero realmente todos queríamos tener el honor de ser los primeros en conducir, porque era eso: una cuestión de honor. Existe algo en la naturaleza humana y creo no equivocarme al decir que es un algo más acentuado en la naturaleza masculina, de todas maneras es por la única que puedo hablar, que le da una importancia enorme al hecho de la primicia. Ser los primeros en algo nos representa una actitud frente al mundo y es siempre un motivo de orgullo. Ser los primeros en subir una montaña, los primeros en surcar los mares, los primeros en desflorar a una mujer.

La suerte la echamos a la pajita más larga. Era un momento de tensión. Las pajitas las sostenía la rubia que había salido a despedirnos. Nos había preparado unos sánduches para el camino y parecía una abuelita abrigándonos y diciéndonos que tuviéramos cuidado, que la llamáramos apenas llegáramos a algún sitio, y yo recordaba a mi abuela, a esa vieja querida que me dejaba jugar con su ropa interior, una ropa magnífica toda llena de encajes, y ahora sé que ese fue mi primer acercamiento a la intimidad femenina, aunque yo no lo supiera en ese entonces cuando yo sólo quería jugar a los indios y al hombre elefante con los calzones de la abuela, que eran como sábanas, porque la abuela era gordísima y era lindísima y la persona más cariñosa que he conocido. Por eso siempre me ha gustado la gente gorda, creo que son mejores personas, aunque también hay algunos gordos hijueputas, pero por lo general son gente más tranquila, y siempre pensé que eran así, gordas, porque tenían un espíritu tan grande que un hombre flaco y jodido no podría contener, porque para mí el cuerpo es la medida del espíritu; y yo me ponía los calzones de la abuela y salía corriendo por toda la casa aullando como un lobo, y hacía destrozos y rompía jarrones y me pegaba contra las paredes, y era en ese momento que siempre tenía que llegar la civilización, que en ese entonces me la representaba la figura del abuelo, quien me bajaba de mis ensoñaciones de un correazo que me dolía por semanas, dejándome la marca de su hebilla, porque siempre somos marcados cuando hacemos cosas como esas, y me decía que era un irrespetuoso, igual que mi padre, y yo que en ese entonces estaba leyendo *El libro de la selva*, comprendía por qué Shere Khan quería matar al cachorro humano, y al hombre en general, y ese hombre para mí era el abuelo que luego le iba a pegar a la abuela y a decirle que por qué me permitía esos juegos, y ella, grandiosa, seguía tejiendo y no le hacía caso. Tejía y tejía y yo pensaba que siempre tejía lo mismo: un inmenso tejido que luego pensé era la vida misma y que mi abuela era una Norna bondadosa, que sabía que su nieto siempre iba a estar jodido. Por eso saqué la pajita más corta, y por eso ella me dejaba jugar con sus calzones, para que la alegría estuviera también en mi vida.

Tal y como yo lo había predicho, Walt sacó la pajita más larga. Me alegré de saberlo, porque aparte de todo, me gustaba comprobar que sí había un orden en el mundo, que Dios sí quería más a sus criaturas más raras, que cuando se es ligero todo llega sin esperarlo, y esto lo decía yo, que siempre he sido un plomazo, pero un plomazo con deseos de levedad.

Por una parte del trayecto, Walt conduciría, a su lado iría Thomas y atrás iríamos Nick y yo. Nos montamos y Walt prendió el motor. Nick le dijo que por piedad cuidara de su gatito y Walt le contestó como si fuera Chewaka, el wokie de *La guerra de las galaxias* que piloteaba el Halcón Milenio junto a Han Solo. Comenzó a bromear, simulando organizar y prender paneles de control en el techo del carro y diciéndonos que nos preparáramos para viajar a velocidad hiperespacial. Luego se puso unos guantes de motociclista, que no sé de dónde sacó, y apretó a fondo el acelerador, haciendo chirriar las llantas.

Era ésta una sensación similar a la que tenía esos días en los que me escapaba del colegio, y en que iba a visitar a un amigo de papá, quizás el más raro y atrayente de todos los que le conocí, quien siempre me trató como a su hijo, aun cuando odiaba a toda la gente y en especial a los jóvenes, y quien vivía en una casa grandísima y medio destruida, que siempre sentí como mi segundo hogar, cosa que es un alivio, en particular cuando esa palabra es tan extraña o tan lejana para alguien que por lo general está viajando y con ganas de quedarse en algún lugar. Siempre que llegaba a su casa él me cogía de la mano y me llevaba a un cuarto sin hablarme, porque nunca me habló, y con este gesto me daba a entender que esa iba a ser mi casa hasta que quisiera, o un lugar en donde refugiarme cuando las cosas fueran mal en casa, y yo solía ir donde él después del colegio, el colegio ese de mierda que también ahora extraño no sé bien por qué, a donde yo iba a pelearme y a subirme a los árboles y a leer los libros que él me daba, los libros que él me dejaba cada tanto en la entrada del que había convertido en mi cuarto, junto a algo de comida, porque en su casa no había comedor, ni sala, ni nada, sólo una pequeña cocina, el resto estaba tapiado de libros y extraños objetos de arte. Y él me daba libros y libros, por eso yo lo veía como una especie de maestro silencioso, y cuando iba al colegio pensaba que todos los profesores debían ser así; pero no, ellos sólo hablaban y hablaban hasta casi rebuznar, por eso yo casi no iba a clases, sino que me iba a leer los libros que el amigo de infancia y juventud de mi padre me daba; casi siempre me daba libros de escritores ingleses, porque creo alguna vez haber escuchado decir a papá que su amigo había vivido en Inglaterra muchos años, y así conocí a Wilde y a Yeats y a lord Byron y a Auden, por eso en un principio fui tan feliz en Inglaterra, porque quería ver qué había hecho que ese hombre a quien tanto quise se volviera así, un hombre que papá decía que no paraba de hablar, y que había que correrle cuadras para no encontrárselo, porque si lo hacías no te soltaba en horas, hablándote de política y de cómo vamos a salvar a este país, y papá era el único que se lo aguantaba, y sólo por eso creo que me trataba tan bien. Era una especie de agradecimiento silencioso al hombre que lo había tenido que soportar por años, y era este un agradecimiento parecido al que yo sentía cuando alguien del colegio que tuviera carro me decía que escapáramos, que él tenía un permiso para salir del colegio antes de que se terminaran las clases, y me hacía meter en el baúl y entonces salíamos, y yo me pasaba al asiento del lado de mi amigo con quien íbamos hasta las afueras de la ciudad, y decíamos que ese día sí era, que ese día sí nos íbamos a recorrer Suramérica por la cintura cósmica del sur, como dice la canción, y que nunca volveríamos a casa, y ya verá papá, que sólo con darme un carro no demuestra que puede tener a su hijo, porque a los hijos hay que cuidarlos y no sólo darles cosas sino también afecto, entonces me decía que tomáramos una cervecita antes de irnos, y nos tomábamos como tres cajas de cerveza y yo tenía que llevarlo a su casa, donde oía cómo mi amigo, completamente borracho, le gritaba a su padre que lo regañara, que los demás papás habrían medio matado a sus hijos si hubieran hecho algo la mitad de parecido y que él se quedaba callado, rumiando sus teorías psicológicas de mierda sobre la educación libre de los hijos, porque la psicología toda es una mierda, y entonces yo me iba a casa donde entraba sin hacer ruido y me ponía a leer la historia de la ballena blanca y del capitán Ahab enloquecido de pasión religiosa, y es que todo termina siendo una búsqueda religiosa, como muchos años después nosotros en este Ford Mustang del 74 buscando a Dios en un granero, o al menos así era como yo lo veía, y por eso pensaba en mi amigo de Suramérica, en cómo le hubiera gustado hacer ese viaje, y entonces pensaba para él y le decía: "¡Ésta va por ti, mi hermano!", y me recostaba a intentar dormir, porque ya era noche cerrada y no había dormido en días, e íbamos en dirección al infinito con las sabias manos de Walt, que hacía rugir ese carro a más no dar, y todos estábamos muy contentos porque al fin parecía que por una vez en un buen tiempo la vida se nos abría de piernas gustosa, y nos invitaba a tomar con ella café.

¡Qué bueno es estar en la carretera otra vez!

XI

Me desperté sobresaltado con la imagen de una vaca que dormitaba con los ojos abiertos, porque creo que las vacas duermen así, en medio de un campo al que aún no sabía cómo habíamos llegado. Thomas se había quedado dormido y Nick también. En la radio sonaba música irlandesa tradicional y Walt había desaparecido. Su puerta estaba abierta y decidí salir a buscarlo. Había un lindo cielo estrellado y no hacía tanto frío como pensé. Comencé a caminar y a medida que lo hacía empecé a ver la ropa de Walt tirada en el suelo, haciendo un caminito. Estaban sus zapatos, sus medias, su camisa, sus pantalones, sus calzoncillos y finalmente Walt mismo, tirado sobre la hierba, completamente desnudo y con una botella de whisky a medio acabar en la mano. Estaba echado de espaldas, sosteniéndose la cabeza con el antebrazo, mirando el cielo y cantando:

"Hay un largo camino hasta Tipperary, hay un largo camino a casa, al lugar donde está mi amor".

—Aprendí esta canción en el campo, de un pastor que cuidaba la casa de mis padres en Dinamarca. Había luchado en la guerra con los Aliados. Su querida murió durante la guerra y juró no volverle a hablar a ninguna mujer en la vida. Ni siquiera le hablaba a mamá, y eso que papá se lo ordenaba. Era él quien siempre cantaba esta canción. Fue él quien me dijo que cuando hay un cielo como el de esta noche, debemos recibirlo sin nada para estar más cerca de la tierra —y entonces Walt arrancaba pedazos de pasto y se los echaba sobre el pecho—. No hay nada como estar desnudo sobre la hierba cuando estás triste: te hace sentir que estás en casa, no importa en qué lugar del mundo te encuentres. ¡Inténtalo, y vas a ver cómo es de agradable!

Me saqué la ropa, no sin algo de vergüenza, porque siempre me siento incómodo con este tipo de actos, y me eché junto a Walt a mirar las estrellas, el cielo estrellado del Oeste que ahora nos sonreía. Cogí la botella y tomé un poco. Nos quedamos en silencio un buen rato. El silencio en el campo inglés es verdadero: nada se oye. No es como en Suramérica, donde uno oye grillitos y chicharras y mierdas por el estilo. Aquí sólo se escucha el viento y se ve el titilar de las estrellas. Al fondo se oía la radio del carro casi en un murmullo y la vaca que una que otra vez mugía. Luego Walt volvió a cantar:

"Hay un largo camino a Tipperary, hay un largo camino a casa, al lugar donde está mi amor". Luego tomó otro trago y se frotó los ojos. Nos quedamos callados por otro buen rato. Ya comenzaba a clarear y yo me preguntaba por qué me tocaba ver cosas como éstas, ver a los amigos tan débiles cuando siempre han sido tan fuertes, y volvía a preguntarme una y otra vez por qué justamente a mí, a mí, que me sentía igual que Walt, o algo así. Yo, sin patria y sin saber qué ver o a dónde ir, qué hacer. Me sentía como Theodor W. Adorno, el maestro de la escuela de Frankfurt, quien en medio de mayo del 69 dio una conferencia a los jóvenes californianos; el viejo Theodor, como decía el amigo que me contó enardecido la historia, quien sólo quería enseñar lo que con tanto esfuerzo y sacrificio había aprendido; y fue en medio de esta conferencia que una muchacha cualquiera se paró y se subió al estrado y le mostró las tetas al pobre viejo, quien después nunca volvió a dar una conferencia, porque poco después murió de pena para con un mundo que no entendía; el viejo, que sólo repetía, no enfadado, sino más bien cansado: "¿Por qué a mí, por qué a mí?", y yo en este momento me sentía igual que él, pero ojalá alguien me hubiera mostrado las tetas como lo hizo aquella muchacha ridícula, quien jamás pasará de ser la mujer que le mostró las tetas a T. W. Adorno, una mujer de quien ni siquiera se sabe el nombre, porque ahora debe ser una vieja desagradable que cuenta orgullosa su historia, que porta como estandarte, y que ha perdido sus días en que era joven y bella y atrevida.

Nos acabamos de beber la botella y Walt dijo que era tiempo de continuar. Nos paramos, nos vestimos a medias y nos acercamos al carro. Walt me pasó su brazo por el hombro y me dijo: "¡Gracias y perdón!"; yo le dije que no había de qué disculparse.

Seguía sonando música irlandesa, pero esta vez era una canción lenta. Walt me seguía abrazando y yo lo abracé y comenzamos a bailar como si fuéramos dos viejos griegos, como si fuéramos Anthony Quinn y el personaje con quien éste baila al final de *Zorba el griego*. Bailábamos y nos reíamos, y un paso adelante y dos pasos para atrás, y vamos a encontrar ese granero ¿o no?, y un paso al lado y dos atrás, clarísimo, eso como me llamo Walter Petersen, y otro paso adelante y ya se acaba la canción.

Nos quedamos sonriendo un rato y respirando el aire de la mañana. Luego nos montamos al carro otra vez, donde Thomas y Nick seguían dormidos. Walt dijo que teníamos que buscar algo de comer, porque tenía tanta hambre que podría comerse un caballo, y arrancó bruscamente, despertando a Nick, que dijo:

—¿Qué pasa?, ¿dónde estamos?, ¿por qué no estamos en la carretera? ¿Le pasó algo a mi bebé?

—No pasa nada, Nick. Todo está bien. Vuélvete a dormir. Todo está bien, todo está bien.

XII

Estábamos llegando a Gales. Podíamos notarlo por los avisos de la carretera que estaban escritos en inglés y en galés, por la cantidad de ovejas que había y porque la gente cada vez era más roja. Son los campesinos más rojos que jamás haya visto en mi vida, y eso que gran parte de mi vida la pasé en Suramérica entre ellos. Quizás sólo en Antioquia, una región de Colombia donde vivimos mi familia y yo un tiempo, pude ver un color parecido. Y es que Antioquia y Gales son muy parecidos.

Parecía que Walt sabía en qué dirección iba, pero yo no entendía por qué desde hacía tanto tiempo seguíamos a un camión inmenso, de esos que tienen como veinte ejes. De todas maneras no me atreví a preguntar: Walt es de esa clase de hombres que siempre saben lo que hacen.

De pronto vi cómo se le iluminaba la cara a Walt con una sonrisa, al ver que el camión hacía señales de doblar. Al fondo vi un montón de camiones estacionados cerca a una casa que luego entendí era un restaurante.

—¡Ya llegamos! —dijo Walt.

—¿A dónde? —dijo Nick, que no parecía contento con la idea de bajarnos allí.

—¡Al cielo! —dijo Walt, y todos nos bajamos; Nick el último.

Era una especie de fonda del camino donde todos los camioneros iban a comer y a jugar dardos.

Entramos y nos sentamos a una mesa. Walt estaba contentísimo y daba saltitos en su asiento esperando que nos atendieran. Finalmente llegó una mesera bastante simpática, que nos habló primero en galés y al ver que no le respondíamos, nos habló en un inglés bastante gracioso, por la musicalidad.

Nick empezó a buscarle conversación y cada vez que podía se remangaba la camiseta para mostrarle los músculos, y la muchacha sólo soltaba risitas avergonzadas y se ponía más roja de lo que era, y Thomas miraba a Nick con tal cara de odio contenido que pensé que lo mejor era pedir algo de comer.

Nick me dijo que le pidiera una ensalada y un agua mineral, y se paró al baño a lavarse las manos. Nosotros pedimos carne y cerveza, mientras Thomas decía enfurecido:

—¡Ensalada, ensalada! El hijueputa pide ensalada, y se va a lavar las manos y le coquetea a la mesera. Es el cabrón más grande que haya conocido.

Nick regresó con la mesera, quien llegó con nuestra comida, que por suerte era bien abundante, y le agradecí en silencio que estuviera allí. Luego todos comenzamos a comer.

Thomas chasqueaba la comida y era desagradable adrede, sólo esperando que Nick le dijera algo. Éste cortaba pedacitos pequeñísimos de tomate y se los llevaba a la boca, donde los masticaba treinta veces y luego tomaba sorbitos de agua, y Thomas se calentaba aún más y entonces eructaba y rugía y se pegaba golpes en el pecho, todo para que Nick, impasible, partiera una rodaja de pepino y le lanzara sonrisas a la mesera.

A Walt, como siempre, parecía no importarle nada: tenía un mundo interior tan fuerte que podía alejarse de todo cuando quería y no darse cuenta de lo que pasaba a su alrededor. Yo, en cambio, que siempre he tenido la manía de fijarme en todo y preocuparme por todo, intentaba no ver y sólo cortaba mis pedazos de carne y los pasaba con cerveza.

Cuando terminamos de comer, Thomas pidió una botella de brandy, que se tomó en cuestión de segundos para luego desplomarse sobre la mesa.

Entre Walt y yo cargamos a Thomas y lo metimos en el carro. Walt parecía no ver lo que estaba pasando y sólo se alababa y decía que cuánta razón había tenido al ir allí, que las fondas de camioneros nunca fallan, que allí se puede comer abundante y barato, que por eso había seguido a ese camión, porque en algún momento tenía que parar, porque todo para, y recordaba cómo en Dinamarca en la Escuela para Sargentos, una de las pruebas entre compañeros era comerse tres kilos de carne y beberse seis litros de cerveza sin parar, porque si no hacías esto no eras un buen soldado y no podrías dirigir a tus hombres, y Walt contaba con orgullo cómo él había sido el único de su generación capaz de hacerlo y que el resto se había desplomado a la mitad, y que eran unas nenitas que no podían ni dirigir a un niño, porque comer en abundancia no es un pecado, sino una prueba de fortaleza y templanza.

Nick regresaba feliz, lleno de colorete y metiéndose la camisa dentro del pantalón, y es que, sí, hay tipos que nacen con estrella, como decía papá cuando hablábamos de mujeres y de cosas, o como cuando yo le contaba historias sobre idas a pescar y a beber con los amigos; y uno de esos hombres de quienes hablaba papá era Nick, a quien parecía que la vida siempre le sonreía, Nick quien nos decía que ya había pagado y que la mesera le había dicho que los graneros de los alrededores sólo tenían trigo y paja, y que sólo los usaban los bailarines de Morris Dance para practicar, porque esa era la única música que por allí se oía, y esa sí es música, había dicho ella, porque aquí nunca hemos tenido de esos peludos rockeros, porque si quieren buscarlos tienen que irse lejos de Gales, donde la perdición comienza, porque Gales es una ramificación del cielo, y a Gales el demonio jamás ha podido llegar.

—Bueno —dijo Walt—. Entonces vámonos de aquí.

Y seguimos nuestro camino por Gales, que tanto se parece a Antioquia.

XIII

Llevábamos ya más de una semana en la carretera por caminos de tierra y vías alternas que llevaban a lugares desolados, preguntando y buscando el dichoso granero donde alguna vez Jethro Tull había estado. En los que habíamos visitado sólo había paja, ovejas y mierda, uno que otro tractor. Estábamos muy sucios, no habíamos comido bien en mucho tiempo y nuestro propio olor nos empezaba a molestar. El carro había pasado a ser nuestro hogar, fuera de él nos sentíamos extraños. Comíamos en él, dormíamos en él. Y luego graneros y más graneros que sólo contenían desilusión y que nos llenaban de rabia y descontento.

Cardiff, Port Talbot, Milford Haven, Pumpsaint, son sólo nombres de lugares que vimos en nuestra búsqueda. Aún nos encontrábamos en Gales y parecía que sólo dábamos vueltas en círculo. Casi no hablábamos, veíamos el paisaje por entre nuestras ventanas y parábamos a ver una que otra cosa en el camino que nos llamara la atención, en esas tardes estivales llenas de tristeza. Lo preferido por Walt eran los castillos medievales. Le gustaba mucho todo lo relacionado con la Edad Media y siempre hablaba de que ese sí era un tiempo en el que le hubiera gustado vivir, donde aún se podía demostrar la fuerza del espíritu mediante la espada. Él habría sido sir Walther de Aquitania, también llamado de España, héroe del reino godo, a quien se había cantado entre anglosajones, alemanes, noruegos y españoles. Habría sido llevado al reino de los hunos junto con Hagen von Tronje, y ambos habrían caminado por muchos senderos y habrían hecho miles de hazañas junto al rey Atila. Y así Walt se acordaba de los tiempos antiguos y lo que había pasado antes, y pateaba el piso o se sentaba sobre una ruina y me seguía hablando acerca de un mundo que le había privado de su lugar en el orden de la vida, que no le había permitido ser un cruzado, ser Godofredo de Bouillon, Protector del Santo Sepulcro, líder de la primera cruzada, y quien conquistó los lugares santos por la fuerza y con fe. Pero no, decía Walt, me tocó ser un pelele de mierda, Walter Petersen, Walter Petersen, Protector de mi Culo.

Íbamos al mar, a las montañas, a cualquier sitio buscando el alma de Ian Anderson a quien sólo sentíamos por los casetes que tenían su voz y su flauta, que escuchábamos mientras íbamos a toda velocidad por las carreteras del Reino Unido. Aunque no teníamos ninguna prisa, todos nos sentíamos bastante tristes, quizás porque en mucho tiempo no habíamos tenido la capacidad de escucharnos, y ahora veíamos todas las cosas que son acalladas por la vida en la ciudad. De todas maneras esto no estaba nada mal y por momentos tenía una sensación que nunca he vuelto a tener con la misma intensidad, esa sensación de desprecio por el resto de las cosas y las gentes que hace atravesables los días de ocio y aburrimiento, viejos conocidos míos.

—Walt, ¿no le oyes un ruido extraño al motor? —pregunté.

—Sí, hace un rato que lo vengo notando, pero pensé que era impresión mía.

—¿Qué ruido? —gritó Nick asustado—. ¡Para, para! Tenemos que salvar a mi gatito.

Walt le dijo que no iba a parar ahora en medio de la nada, que deberían ir hasta el próximo pueblo y allí lo revisarían. Nick enfurruñado terminó aceptando. Thomas parecía no estar allí.

Finalmente vimos un aviso en la carretera que decía: Hay-on-Wye a 20 kilómetros. Walt apretó el acelerador a fondo y en pocos minutos estuvimos allí. Antes que Walt parara por completo, Nick ya había saltado del carro y se había lanzado a ver el motor. Levantó la tapa y comenzó a salir mucho humo. Luego Nick comenzó a llorar y a decirnos que jamás debió habernos hecho caso, que quien se queda en casa siempre es feliz y que ahora todo estaba perdido, y lloraba y lloraba y nosotros no entendíamos nada, cuando me acerqué a Nick y le pregunté que qué pasaba, y él me dijo que se había gastado una piecita de la que no recuerdo el nombre y que sólo se consigue en Londres, y ¿qué vamos a hacer ahora?

Intenté calmarlo y decirle que no se preocupara, que yo tenía un amigo en Londres que nos podía mandar la pieza por correo, que yo mañana le llamaría y que esta parada nos venía de maravilla porque todos estábamos muy tensos y nos vendría bien un descanso en este pueblecito tan lindo, y ¿cómo puedes saber que es lindo si es de noche?, pregunta Nick como un niño, y yo le digo que porque así lo creo, y vamos a buscar un hotel donde dormir.

Empujamos el carro hasta una especie de hotelito que no llevaba nombre, y que sólo tenía un aviso que decía HOTEL en la puerta. Bajamos nuestro equipaje y entramos al recibidor. Thomas sonreía. Nos salió a saludar una viejita muy amable y muy roja que nos ofreció la hospitalidad de su establecimiento. Le contamos lo que había pasado y entonces tomamos una habitación grande. Nos llevó hasta ella y nos indicó dónde estaba el baño y nos dijo que el desayuno se servía de 7 a 9 en el comedor del hotel, luego nos dijo que bienvenidos a Hay-on-Wye, el pueblito más culto del mundo, y yo pensé que me estaba tomando el pelo, porque yo siempre había escuchado decir que un pueblo era el más lindo, o el de mejor clima o el más amable del mundo, pero nunca el más culto, sin embargo no le presté atención y pensé que eran excentricidades de la vejez y le agradecí por todo.

Entramos a nuestra habitación donde había amontonadas cuatro camas con una especie de mesita de noche en el centro. Nos sentamos en las camas en silencio, con ese silencio que surge del cansancio y del no tener ganas de decir algo. Al rato la viejita volvió a aparecer y nos dijo que si queríamos podíamos meter el carro en su garaje. Eso hicimos.

Luego fui al baño, me afeité y me bañé por un largo rato hasta que el agua se quedó fría. Cuando volví a la habitación, todos ya estaban dormidos y respiraban pesadamente. Me puse el pantalón de una piyama que había traído para días como éste y me metí entre las cobijas. Todo era perfecto: estaba limpio, olía bien, tenía una buena cama, sueño y podía dormir. Sí, en este lugar me habían entregado la perla.

XIV

—Oye, ¿todavía duermes? —era la voz de Nick, quien me movía intentando despertarme. Abrí los ojos, me desperecé un poco y vi mi reloj, el lindo regalo de mi padre. Eran las 4 de la mañana.

—¡Mierda, Nick, son las 4! ¿Qué quieres?

—¿Crees que tu amigo ya se despertó?

—Es absolutamente imposible que esté despierto a estas horas. ¡Vuélvete a dormir! Ya le llamaré más tarde. ¡No te preocupes más!

—¡Pero es que mi bebé se está muriendo!

—¡A tu bebé no le pasa nada! Ahora vuélvete a dormir.

Volví a despertar alrededor de las 7. Esta vez fue Walt quien me sacó de un sueño agradable, porque decía que por nada del mundo se iba a perder un solo desayuno. Despertamos a Thomas, nos arreglamos y fuimos al comedor. Nick no estaba en la habitación. Les dije que pidieran el desayuno por mí mientras lo iba a buscar. Sabía dónde estaba. Fui al garaje y le encontré dormido en el asiento trasero, enrollado como un gato. Le desperté y me dijo:

—¿Ya llamaste?

—¡Todavía no! ¡Primero vamos a desayunar y luego llamamos! —estaba comenzando a cabrearme la cantaleta de Nick. Creo que se dio cuenta y me pidió perdón.

Salió del carro, lo acarició y luego fuimos hasta el comedor, donde Walt y Thomas nos habían dejado dicho que se iban a dar una vuelta.

Nick se sentó y se comió unas frutas. Yo no pude comer nada. Me paré y le dije que iba a buscar un teléfono desde donde pudiera llamar a Londres, porque el de nuestro hotel sólo aceptaba llamadas locales.

—¡Gracias! —dijo Nick—. En verdad, ¡gracias!

—No es nada, Nick —y me fui a buscar el teléfono.

Después de mucho caminar, finalmente encontré en una esquina una cabina telefónica de las clásicas inglesas, roja, de esas que siempre se ven en las películas policíacas británicas, donde siempre matan a alguien o donde siempre pasa algo.

Por suerte tenía monedas. Tenía tres monedas de una libra, doradas, lindísimas, dos eran escocesas y la otra era galesa, todas con sus escuditos grabados, el dragón y el unicornio y el nabo galés, que me recordaban mis tiempos de coleccionista de monedas, por lo que en el colegio me decían "el Numismático", pero esto no tiene nada que ver con la historia, y digo por suerte, porque recuerdo una vez cuando tenía 15 años y ya me comenzaban a interesar las mujeres, sí, ya era un ángel caído yo también, y por eso había comenzado a salir con una que me gustaba mucho y que parecía gustarle mucho a todo el mundo, y yo había quedado de llamarla un día a las 5:30 de la tarde, y todo ese día fue una mierda porque yo estaba muy ansioso y no sabía qué hacer con todo ese tiempo que se me antojaba interminable, porque el tiempo es absurdo, y yo caminaba de un lado para otro, e intentaba leer o escribir o aunque sea rezar aunque nunca lo haya hecho realmente, pero nada, el minutero estaba detenido y yo me angustiaba aún más, entonces fui a casa de un amigo que estaba ocupado con otra chica, y es que cuando tú estás en el estado en el que yo estaba, pareciera que todo el mundo estuviera haciendo algo menos tú, y yo le digo que si podemos hablar un rato, y él me mira con cara de no-me-jodas-no-ves-que-le-estoy-echando-mano-a-una-chica, y yo le digo que a mí no me importa quedarme un rato mirándolos, que yo siempre he tenido alma de *voyeur*, y que el violín no se me da nada mal, y mi amigo se ríe y me dice que a mi alma le vendría mejor una tuba, porque es más torpe y pesada, y que mejor me vaya a tomar un café y a ver una película mientras es hora de mi cita caliente, y me despacha así sin más, y yo me quedo pensando en cuanta razón tenía el maestro al decir que cuán largas son las horas y cuán cortos son los años, y me entro a ver *El acorazado Potemkin* que daban ese día, y qué gran película es esa, pero por grande que sea no pude evitar quedarme dormido, y es que quién puede evitar algo así, habiéndose despertado tan temprano y habiendo tenido un día como el mío, y me despierto con los créditos del final de la película, y veo asustado mi reloj que marca las 5:27 y yo salgo desmadrado a buscar un teléfono, y cuando lo encuentro hay una fila de miedo, y yo intento apurar a la gente que parece no darse cuenta de la gravedad del asunto, y al tiempo ahora sí le da la gana de andar a toda velocidad, y cuando al fin logro entrar a la cabina, son ya las 5:50, entonces busco una moneda en mis bolsillos y me doy cuenta de que no tengo ni una, y salgo a la calle como enloquecido a gritar y a vociferar por una moneda, sí, mi reino por una moneda, y pareciera que nadie me escucha, y me dan ganas de llorar o de pegarle a alguien, y finalmente me le arrodillé a una señora rogándole por una moneda, y ella asustada se va pensando que la iba a robar, y ya eran las 6:20, entonces me fui en marcha atlética a casa, y cuando llegué, la llamé y me contestó su hermana, quien me odiaba con toda su alma, y me dijo que ella ya no estaba y que había salido con otro tipo del que luego supe era su novia, y yo pensaba que él se había robado mi lugar, que si yo hubiera tenido una moneda, una moneda de nada, sería yo quien la estaría besando y sacando a pasear, esa moneda habría sido mi óbolo para cruzar la Estigia y llegar a los Campos Elíseos, pero no, me tocó quedarme en la otra orilla, viendo cómo el desgraciado ese me lo quitaba todo, y entonces me puse a sollozar y a preguntarme por qué a mí en este juego siempre me toca perder, y subo a mi cuarto y prendo la luz y veo en mi escritorio miles de monedas que yo dejaba tiradas para que no se me rompieran los bolsillos de los pantalones, monedas y monedas que ya no me servían para nada, porque las cosas sólo sirven cuando las necesitas o cuando las quieres, era como cuando de niño yo era un aficionado a los cómics y moría por ellos, los leía y los releía una y otra vez, y había unos que me gustaban más que los demás, eran las aventuras del Gran Visir Iznogud, de las cuales yo sólo tenía tres libros porque el resto no se conseguía en Colombia, y yo sufría porque quería tenerlos todos y no podía, por eso cada vez que alguien conocido iba a España yo le encargaba que me trajera alguno, y nunca nadie me trajo nada, y si nos ponemos objetivos y lógicos lo que yo tenía era una obsesión, pero no, era algo más que eso creo yo, lo único que yo quería saber era si el gran visir lograba ser califa en lugar del califa, o si había estado en el día de los locos, o si había conseguido la alfombra mágica o la cabeza de turco, o si el bueno del califa Harun el Pussah le dejaría ser califa en su lugar, porque el califa era muy bueno, y además de mi deseo de conocimiento, yo quería tener la sensación de posesión de todos los libros de Iznogud, creía que sería bueno verlos en mi repisa a todos juntos, uno al lado del otro en orden de número, sí sería verdaderamente bello y se vería muy bien, y éste quizá era el mismo deseo que yo tenía para con esta niña que no pudo esperarme unos minutos, a quien quizás lo único que yo quería era verle el coño y ver con qué rapidez se dilataban sus pezones, que imaginaba rosados y perfectos, y es que tal vez todos los hombres sí somos iguales y buscamos lo mismo, pero ahora que no la tengo ya qué se le va a hacer, porque las cosas sólo sirven en su momento; y no importa que yo años después haya entrado a una librería especializada en cómics, donde vi estanterías enteras cargadas de libros del Gran Visir Iznogud, y yo las miraba con los ojos aguados, y con una sensación ambigua, de alegría y tristeza que no sabía explicar, y fue sólo por eso que compré un libro, en honor de los viejos tiempos, pero yo sabía que no era lo mismo, que ahora no valían igual, porque las cosas sólo sirven en su momento, y era igual que ver todas esas monedas que ya nadie quería o necesitaba, desparramadas sobre mi escritorio, y esas monedas que no habían estado cuando las necesitaba eran la misma niña que me prometió que íbamos a casarnos cuando fuéramos grandes, pero que no me quiso cuando yo la quería, y ya nada sirve de nada, y quizás ahora le pueda coger la mano a esta niña, pero sería con esa misma sensación ambigua que tuve cuando encontré mis libros de Iznogud, y es que los pensamientos futuros nos pueden traer esperanza, pero también cansancio, y es que las cosas sólo sirven en su momento, pero nada de esto tiene que ver con la historia, y es que cuando me embalo no hay quien me pare, yo soy el rey de la digresión y para mí todas las historias son magníficas si son bien contadas.

Introduje mis tres monedas de libra y llamé a mi amigo que por suerte estaba en casa. Le expliqué nuestro problema y él me dijo que no tenía de qué preocuparme. Me dijo que él conseguiría la pieza y que la enviaría por correo recomendado y que debería estar en mis manos en unos cuatro días, y que haría todo esto sólo con una condición y es que tenía que ir a verlo después del viaje y contarle lo que había hecho. Se lo prometí y le agradecí de corazón. Me dijo que no me preocupara que para eso están los amigos. Luego colgué. Salí de la cabina y empecé a caminar. Me sentía más tranquilo porque ahora podía llegarle con la buena nueva a Nick y así podríamos reiniciar nuestro viaje, que tanto bien nos había hecho.

XV

Mientras caminaba empecé a sentir hambre. Frente a mí encontré tres lugares que no sabía bien si eran posadas, tabernas o simplemente lugares donde uno podía sentarse y echarse un trago, el caso es que los tres te invitaban a entrar, me parecía que eran lugares que conocía de toda la vida, y no entendía bien por qué sus nombres me eran tan conocidos: uno se llamaba El Surtidor de la Ballena, el otro El Pony Pisador y el último El Tigre de Oro.

Decidí entrar al que llevaba por nombre El Tigre de Oro. Debían ser las 10 de la mañana. Cuando entré vi a un barman que limpiaba vasos, y a un único cliente, un viejo que estaba sentado en una mesa de la esquina con una cerveza y un fajo de hojas de papel manuscrito. Jugaba con un portavasos de papel que tenía grabado el emblema del lugar, tres graciosos tigres negros que giraban maquinalmente entre sus dedos. Tan pronto acababa una cerveza, pedía otra y doblaba una de las esquinas del portavasos. El barman le llevaba otra ronda y se quedaba hablando un rato con él. Era su pequeño ritual, de él y de todos los tipos que siempre están un poco solos y quieren charlar un rato, o sólo guardan silencio mientras juegan con un portavasos y piensan en todo o en nada. Y es que los rituales son importantes, y nos hacen mejores hombres y nos acercan a la verdad, como decía mi hermano, quien siempre que llegábamos de algún sitio, de paseo o de cualquier lugar, se arrodillaba bajo un pino gigantesco que quedaba atrás de casa, y se santiguaba en dirección a los cuatro puntos cardinales y a los enanos que viven en cada uno de ellos, y agradecía a Dios, porque sé que lo hacía, como se sabe que el sol se alza con el nuevo día, y yo le miraba extrañado, porque en mí siempre ha primado la efectividad y el llegar más rápido, sin dilaciones, y no entiendo cuando alguien se pasa horas tomándose un único café en un mismo lugar y disfrutando de su atmósfera, mientras yo me desespero después de cinco minutos, y ya me he tomado todo el café, porque si me quedo mucho tiempo en un sitio me empieza a entrar una ansiedad terrible y me aburro como una ostra, esas ostras gloriosas que preparaba mamá que era la mejor cocinera del mundo, de un mundo que no entendía nada de rituales extraños, y por eso mamá siempre le preguntaba a mi hermano que por qué tenía verdes las rodillas, y él, cansado y sin ganas de dar explicaciones, le decía que se había resbalado, y mamá le decía que siempre se estaba resbalando y que en el mundo había que tener cuidado, y mi hermano asentía y se iba a encerrar en su cuarto, donde escuchaba cancioncitas coquetas de cantantes baratos y leía versitos de Campoamor y de Bécquer, contradiciendo así lo que todo el mundo esperaba de él, que leyera a Thomas Mann y a Virgilio y al Dante, y escuchara a Stravinsky y a Wagner, ésta era su manera de pararse en el mundo y escupirle en la cara, porque uno se cansa tanto de esperar como de que esperen de uno, y entonces yo le oía gritar lleno de pasión desde su cuarto: "¿Qué es la poesía? La poesía eres tú", y se echaba a llorar de la risa, y sus compañeros profesores de universidad no le entendían, y sólo murmuraban entre ellos, y cada vez que pasaba cerca a ellos les gritaba: "¡Qué vivan los poetas menores!", y ellos negaban con la cabeza y le miraban con condescendencia. Había algunos con los que incluso se empujaba, aunque nunca llegaron a los golpes, y eran estos los que intentaban sacarlo de la facultad y lo culpaban de cosas que él no había hecho, pero no les surtía efecto, porque los estudiantes le adoraban y se amontonaban en sus cátedras como si se tratara de una estrella rock, y él amaba fervorosamente sus clases a las que les metía sangre y nervio, a esas clases a las que siempre llegaba ebrio y delirante pero cargado de fuerza, como un marino que acaba de llegar a puerto después de estar años en alta mar sin haber visto una mujer, y fue una mujer, una alumna que no paraba de hacer comentarios imbéciles en clase, la que llevó hasta el borde a mi hermano, quien no aguantó más y un día le gritó que por qué no se guardaba sus estupideces donde le cupieran y se dedicaba a tener hijos, entonces ella indignada, hizo unirse al sindicato de feministas, quienes dijeron que era intolerable que un cerdo machista se hubiera colado en esta universidad, y no vamos a tolerar que se nos siga pisoteando por más tiempo, ya hemos estado sumisas por siglos y siglos, y mi hermano se vuelve a reír y hace votos por la terrible sumisión a la que han sido sometidas las mujeres y les regala agujas de coser y libros de cocina, pero éste fue su último acto irreverente, su canción de cisne porque pronto fue expulsado de la universidad, de la que sólo se puede decir que está a la par con los tiempos, unos tiempos de mierda.

Y mi hermano, a quien le habían anulado todas las posibilidades de enseñar en cualquier lugar y que decía que era incapaz de hacer otro trabajo, se dedicó a beber y a quejarse, y a escribir sus quejas para con un mundo enfermo, ridículo, ciego, en un cuadernito verde que yo le había regalado. Un día, completamente borracho me dijo:

—Chiquito, sé que al final acabarán conmigo, pero no me importa. ¡Me bato!, ¡me bato!, ¡me bato! ¡Sí, me arrebataréis todo, el laurel y la rosa! ¡Arrancad! Pero, pese a todos, hay algo que me llevo: esta noche, cuando comparezca ante Dios, al hacer el gran saludo barreré todo el umbral azul con algo que sin una arruga, sin una mancha, me llevo conmigo pese a todos vosotros.

Y aquí se cayó de lo borracho que estaba, y yo le arropé con mi saco de niño, y le di un beso a mi hermano en la mejilla, a ese oso magnífico que tanto me enseñó, a mi querido hermano a quien nunca volví a ver después de ese día, y a quien aún ahora busco por entre cielo y tierra, para ver si puedo otra vez verle sonreír detrás de sus gafas, con sus ojos pequeños y serenos, y abrazarle y sentir sus fuertes brazos y decirle:

—Juan, ¿y todavía me lo preguntas? La poesía eres tú. ¡Vámonos a beber!

XVI

—¿Quiere algo de tomar? —me preguntó el barman de la manera que lo harían los actores de las películas de detectives. Prendí un cigarrillo y le pedí una cerveza. Luego le pregunté si tenía algo de comer. Me dijo que sólo tenía pasteles caseros.

—¿De qué están hechos? —pregunté.

—Están hechos de lo que están hechos todos los pasteles.

Le pedí uno. Trajo ambas cosas sin demora. La cerveza estaba bien, aunque tibia; es una manía de los ingleses a la que hay que acostumbrarse, y el pastel, aunque frío, tenía buen sabor.

Cuando terminé, pedí la cuenta y fue en ese momento que sentí la mano del viejo de la mesa que me tocaba en el hombro. Me di vuelta, y mientras lo hacía, el viejo ya me había esposado la mano a la barra y se reía como un retrasado, moviendo la cabeza y los hombros rítmicamente como un boxeador. No entendía nada e intenté agarrarlo con la otra mano, pero era bastante rápido y ya se había sentado fuera de mi alcance. Le lancé patadas e insultos y casi me corto la muñeca intentando zafarme, pero era inútil: estaba completamente fuera de mi alcance. Imaginé a mis amigos encontrándome con la garganta abierta en un barranco o viéndome en los titulares de algún periódico o noticiero sensacionalista. Sin embargo ni el viejo ni el barman hicieron nada. Sólo el viejo sacó un cigarro de un tubo en metal tallado y me ofreció otro.

—¡Son cubanos! —dijo—. Coja uno. Sólo quiero que charlemos un rato! Es tan difícil con la gente hoy en día, que mire a lo que he llegado por conseguir un poco de atención. La gente del pueblo ya me conoce, a mí y a mis historias. Ya están cansados, y no los culpo, yo también lo estaría. Por eso cuando vi que usted no era de aquí, no dudé dos segundos en retenerlo. Y sé que usted me va a decir que por las buenas todo se logra, y que usted se habría sentado sin necesidad de todo esto, pero no siempre es así, y la gente se va a veces a mitad de una historia, y yo me quedo medio muerto, porque cuando no acabo alguna, siento que he fallado y que soy un bueno para nada, y no puedo beber, porque yo sólo bebo cuando estoy contento y cuando celebro, y a mí me encanta beber. Es por eso que tengo que acabar mis historias, para así poder acabar como una cuba, agradeciendo a los dioses por una nueva victoria, y es también por esto que le pido que no me niegue una nueva posibilidad de embriagarme, además tenga en cuenta que ha tenido mucha suerte, sé de compañeros que utilizan navajas y hasta pistolas para hacerse oír una historia, o un poema, o un recuerdo o lo que sea. Yo creo que las esposas están bien, pero ¡venga, fúmese un cigarro, son cubanos, de verdad!

Con la mano que tenía libre cogí uno, lo prendí y empecé a hacer bocanadas.

—¡Ya ve como son de buenos, y es que son cubanos! En fin, aquí viene esa historia. No se ilusione, va a ser una historia corta y sencilla, como las buenas historias de amor, que por su brevedad son perfectas, donde no hay espacio para el cansancio, sólo para los buenos recuerdos. Es una historia de los primeros tiempos, de cuando llegué aquí, y me entusiasmaban las historias largas y tortuosas. ¡Es un buen cuento, ya verá usted! Vivir en una gran ciudad no trae mayores emociones, digan lo que digan. Se termina siempre haciendo lo mismo, yendo a los mismos lugares, hablando con la misma gente. La consciencia de la inmensidad del mundo nos hace siempre desear estar en otro lugar diferente del que estamos. Tenía tres amigos con los que siempre salía y con quienes logramos una comprensión del mundo bastante buena. En estos grupos es natural que uno se sienta más cercano a una persona en particular, con quien por lo general se pasa más tiempo y con quien se habla con más naturalidad, y así me pasaba a mí. De todas maneras todos éramos grandes amigos, y aún hoy extraño esas largas conversaciones sobre mujeres que nunca tendríamos, y sobre sueños que luego se esfumarían, sobre visiones de un futuro incierto que se nos antojaba grandioso. Sí, un futuro que nos daría la razón, como se la había dado a los grandes hombres que admirábamos. No conocíamos ni queríamos conocer lo que era el amor, aunque habíamos estado con muchas mujeres. Todo era afirmación, todo era verdad. Levantábamos pesas juntos y éramos desagradables por gusto. Asustábamos a las viejitas, y les gritábamos porquerías a las mujeres por la calle, quienes asustadas a veces nos miraban, y sólo veían a cuatro muchachos bien plantados que se reían y escupían al suelo como los vaqueros, y fumaban como lo harían los rebeldes sin causa de las películas de los cincuenta.

La verdad es que sólo queríamos jugar a los rudos, pues éramos bastante tímidos, y cada vez que una muchacha bonita se nos quedaba mirando, nos sonrojábamos, y nos codeábamos, y nos luchábamos la posesión de esa mirada, y ella me miró a mí, no fue a mí, en verdad me deseó a mí, y también nos conmovíamos con las películas que veíamos casi a diario y que creo eran la única cosa que en verdad nos tocaba. Porque el mundo a nuestro alrededor podía estar cayéndose y nosotros permanecíamos inmutables, como si nada estuviera pasando, pero una película nos podía llevar a las lágrimas, una película o un libro, pues leíamos muchísimo, o quizás cualquier cosa que escribiéramos, porque escribíamos, muy mal pero muy sentido, y nos sabíamos grandes. Nos llamábamos anarquistas, ateos y amorales, pero en verdad éramos los más monárquicos, religiosos y moralistas que pudieran existir. Nos asustábamos de entrar en un burdel, de parecer demasiado desagradables, incluso temíamos tatuarnos ese pulpo que le habíamos visto a un marino en una de nuestras excursiones al mar, ese pulpo que tan bien se nos veía, y que abrazaría nuestros fuertes brazos, que no sólo nos servían para escribir o para agarrar las jarras de cerveza o los culos de las chicas, sino también para reventar al primer desgraciado que se nos metiera en el camino, porque peleábamos mucho y nos gustaba hacerlo. Cuando acabamos de estudiar, no sabíamos qué hacer, y decidimos salir a recorrer el mundo, nunca llegamos hasta los polos, ni siquiera a Alaska, y la cabaña del buen capitán Scott continuó con sus latas congeladas a la espera de nuestra visita, al igual que la bandera noruega, esa bandera que el mismo capitán Scott contempló con lágrimas en los ojos, porque significaba que alguien había llegado antes que él al lugar que el destino le había reservado siempre, y es que todos al fin de cuentas somos un poco como Scott, y cuando vemos lo que creíamos y sabíamos era nuestro, vemos que ya otro se lo ha llevado, y entonces morimos orgullosos, cuando ya todos los amigos han muerto, con una sonrisa en los labios, una sonrisa de comprensión final. Por muchos años viajamos, y el mundo que antes nos parecía ancho y ajeno, ahora se nos presentaba como reducido y propio. Estábamos cansados de viajar y un día de 1977, un gran año en todos los sentidos, escuchamos de la existencia de este pueblo, del querido Hay-on-Wye, donde decían que sólo había anticuarios y librerías de libros de segunda mano, uno que otro café. Era nuestra imagen del paraíso y sabíamos que este pueblo maravilloso, como sacado de una antología de literatura fantástica, era obra de un excéntrico que tenía por nombre Richard Booth, quien había estudiado en Oxford y había decidido recrear la ciudad de sus sueños, y es que quien haya estudiado en Oxford siempre terminará pensando que todo es posible y que la construcción del Reino en esta tierra no es un sueño inalcanzable. Este Richard Booth proclamó al pueblo como Reino Independiente, nombrándose rey del lugar, y se estableció en un castillo del siglo x, que aunque derruido y medio quemado le sirve de fortaleza, a él y a los miles de libros que posee y que guarda como lo haría un dragón de saga con sus tesoros. Fue él quien llamó a chiflados de todo el mundo para que le acompañaran en su tarea. Compró el pueblo entero y lo llenó con libros. El antiguo matadero que todavía tiene en la fachada mosaicos con cerdos, vacas y aves que sonríen, pasó a ser la librería principal. Lo mismo pasó con la estación de bomberos, el cine y las iglesias. El cuento parecía demasiado irreal, demasiado bueno para ser verdad, sin embargo decidimos venir, y es que a veces las cosas sí existen porque sí y son las mejores, y aquí nos hemos quedado. Ahora todos nos hemos hecho libreros, nos intercambiamos libros e historias, y con muy pocos cambios seguimos con nuestras vidas, la misma vida que conocemos de tanto tiempo y que ahora llevamos en este pueblo en el que el tiempo pasa de manera muy extraña, como en un barco.

Nos quedamos callados por un rato y luego el viejo se paró y me quitó las esposas. Me acaricié la muñeca mientras veía el decorado del bar, en especial una repisa con jarras de cerveza, alemanas creo que deberían ser, de las que tienen tapa y escenas de caza y todas esas cosas. Nadie hablaba y me comencé a sentir incómodo, no sabía qué decir. El viejo se veía cansado después de contar la historia. Luego se paró, se sonrió y con un brillo único en los ojos, me abrazó y gritó:

—¡Despierta Bill! ¡Tráenos más cerveza que ahora vamos a beber y a celebrar! Ésta sí que nos salió bien...

XVII

—¡Déjame llevarte a tu hotel! —me gritaba el viejo completamente borracho y feliz, como transportado—. ¡Que me dejes llevarte.

—No, no. Yo puedo llegar solo, siempre solo —decía yo en el mismo estado que el del viejo y riéndome de todo el cuadro. Casi no podía tenerme en pie y trastabillaba contra todo, tumbando las sillas—. Yo te voy a llevar! ¡Soy yo quien está en deuda contigo!

—¿Deuda? ¿Cuál deuda? Los amigos no se deben nada. Pero ven, los dos nos acompañaremos. ¡Te llevaré con tus amigos!

Salimos del bar abrazados y zigzagueando. Luego el viejo se detuvo a respirar recostado en un farolito.

Comenzamos a subir los escalones de una casa que supuse era la suya, y cuando estábamos ante la puerta, empezó a buscar dentro de su maleta, de la que sacó dos libros.

—Ésta es mi casa y aquí me quedo. No te digo que entres porque quiero estar solo. De todas maneras ven a visitarme antes de que te vayas, no sé muy bien por qué, pero me recuerdas lo mejor de mí cuando era joven. Ahora quiero darte un regalo, o dos mejor dicho, que te servirán en tu viaje y en todo lo demás. El primero, este libro, es para que lo leas con tus amigos, se llama *El crucero de la chatarra rodante*, de Francis Scott Fitzgerald. Aunque cuenta otra clase de viaje, ya verás cómo todos terminan siendo uno solo. Y este otro es para que lo leas tú solo y para que recuerdes tu estadía en Hay. Se llama *La pequeña ciudad donde el tiempo se detuvo* de Bohumil Hrabal, un escritor checo que descubrí hace unos años y que desde ese entonces me ha servido de guía, de faro, y a quien siempre recurro cuando me deprimo o no me siento muy bien. Fue él quien me enseñó que la belleza de escribir está en que nadie te obliga a hacerlo. Y yo, a estas alturas, siento que escribir es mi cura, mi sanatorio psiquiátrico... y mi consultorio sentimental.

Luego el viejo entró en su casa y yo me quedé sentado en uno de los escalones de la entrada, mirando el atardecer. Después me paré y comencé a caminar por las calles del pueblo con una sonrisa de imbécil que no podía borrar. Decidí entrar en una librería, donde compré tres libros y luego un cuarto, porque siempre he tenido el gusto por los números pares, perfectos, como decían los griegos, y luego fui a otra librería y a otra y luego a otra, y en todas compraba libros que primero hojeaba y acariciaba, porque son los objetos que más quiero, y leía y leía, saltándome las páginas, y cogía más libros, hasta tener una montaña de ellos, y quería más y más, hasta el punto que no tuve otro peso en el bolsillo, y ahora yo parecía un Papá Noël venido a menos y que se ha vuelto egoísta y sólo se regala cosas a sí mismo.

Logré llegar al hotel sudando a chorros y cargado como un camello. Subí a la habitación donde entré y vi a Walt, a Thomas y a Nick que me miraban con una expresión de desaprobación, como esposas que ven llegar al marido borracho otra vez, y me preguntaron que dónde había estado, y me dijeron que habían estado muy preocupados y que no volviera a hacer esas cosas o me molían a golpes, y que qué hacía con toda esa basura y que dónde creía que la íbamos a meter, y "¿cuándo llega la pieza del carro?", entonces yo estallo de la risa y me voy a dar un baño que me deja como nuevo, y cuando salgo les pregunto que si vamos a ir a algún lado, y ellos me responden que es hora de dormir y no de irse de juerga en ese maldito pueblucho que no es más que un moridero de ratas, y yo me vuelvo a reír y entonces salgo y bajo a un bar que queda justo en la esquina de nuestra calle, y llevo conmigo un librito de poemas que recién había comprado, pido una cerveza y abro mi libro y lo leo mientras tomo mi cerveza, y la verdad se me muestra otra vez, diáfana, la verdad que me dice:

"Pero cuando le digo que él está entre los pocos que han visto la aurora sobre las islas más bellas de la tierra, sonríe ante el recuerdo y responde que el sol se alzaba cuando el día era viejo para ellos".

XVIII

La semana pasó sin mayores cambios. Yo leía mucho y salía a caminar, a veces solo, a veces con los amigos. Nos seguíamos hablando con el viejo, quien finalmente se hizo muy amigo de todos, en especial de Thomas y de mí. Ya la gente nos saludaba por la calle, los libreros nos llamaban a leernos lo último que habían escrito o a mostrarnos el último libro que les había llegado, en los bares nos invitaban a tomar un trago y a contarnos historias, era como si hubiéramos vivido allí toda la vida y fuéramos los hijos de sus mejores amigos.

Era un sábado de julio y yo había ido al correo a recoger la pieza del carro que ya había llegado. Regresé al hotel y le entregué la sorpresa a Nick, que se quedó como pasmado, como un niño a quien le regalan un balón nuevo firmado por sus jugadores favoritos y que no sabe qué decir o hacer, y sólo fue hasta que Walt le palmoteó la espalda que reaccionó y volvió en sí, para salir corriendo al garaje donde tenía su carro, su querido Mustang, al que desbarató y volvió a armar en cuestión de segundos, y era éste un ejercicio que puedo jurar, Nick podría hacer con los ojos cerrados; conocía la textura de cada una de sus piezas con tal precisión que era imposible no pensar que el carro y Nick eran una entidad, una especie de centauro del futuro, y esto lo pude confirmar cuando todo estuvo arreglado y Nick prendió el motor y me dijo que fuéramos a dar una vuelta; el carro parecía responderle como le respondería su propio brazo, y pareciera que los suyos salieran del timón, ese timón que giraba al unísono con su cabeza, y fue aquí que comprendí que Nick conducía como si fuera patinando, y cada vez que cogía una curva parecía que se arrodillara y que con las yemas de sus dedos rozara el pavimento, como se roza una flor.

Regresamos de nuestro paseo por la campiña y fuimos a recoger nuestras cosas. Nos despedimos de la señora y ya estábamos en el carro con Nick al volante, cuando les pedí que esperáramos un poco, pues quería leerles algo, y es ésta una manía que yo tengo con mis amigos y con la gente que conozco, siempre quiero que lo que yo hago lo hagan también los demás, y que las cosas que sé las sepan también los demás, porque no entiendo cómo las cosas que son importantes para mí no lo son también para los otros, creo que mi mundo es el mejor posible, y por eso, aunque me queje, sé que no quiero ser otra persona en el mundo, y que mi vida es una de las mejores que un hombre pueda llevar.

Saqué mi librito de la chatarra rodante y leí en voz alta:

"Ser joven, viajar rumbo a las lejanas colinas, ir hacia el lugar en donde la felicidad colgaba de las ramas de un árbol, como un anillo que atrapar, como una luminosa guirnalda que conquistar... Todavía era algo que se podía hacer, pensábamos nosotros, un refugio contra la monotonía y las lágrimas y la desilusión propias del mundo estacionario".

—Muy bien, muy bien —dijo Nick asintiendo con la cabeza mientras sonreía, apretando a fondo el acelerador.

XIX

...7, 8, 9, 10, 11, 12, 13 árboles en línea. Cuando se va en silencio en un carro, a veces no hay más remedio que dedicarse a contar cosas, cualquier cosa, al menos es lo que yo siempre hago, es parte del atractivo del viaje. He llegado a contar miles de cosas, postes de luz, carros de colores, mujeres con falda, ancianos, perros.

Ahora el radio, prendo, apago, vuelvo a prenderlo, sintonizo, ninguna canción inmortal. La dejo con la voz de un hombre que canta algo sobre estar bajo un cielo rojo sangre y que nada cambia el día de año nuevo. Buena voz, buena letra, las cosas no estaban nada mal, y, sí, era y sigue siendo verdad que nada cambia nunca, menos en las fechas importantes, por lo menos para mí que siempre he odiado las festividades, la Navidad, el año nuevo, mi cumpleaños, son todas fechas que preferiría que no existieran.

Recuerdo las navidades que tuve con mi familia cuando regresé de visita a casa, de eso hace algunos años. Mi hermano ya no estaba en casa y aunque todos le extrañábamos, hacíamos como si nada pasara, y pretendíamos estar muy felices, y "Chiquito, ¡pásame más vino!", y "¿te gustó el pavo?", sí papá, sí mamá, todo sí aunque no supiera qué era lo que me estaban diciendo, ésta fue una de las muchas cosas que Juan, mi hermano, me enseñara. Hay que decir siempre sí, sí a todo, y rompernos el cuello asintiendo, así supiéramos que con esa afirmación nos iban a pisar los huevos, porque para qué más estamos en el mundo si no es para afirmarnos, como borregos rumbo al matadero, sí, afirmarnos en lo que sea; y por eso era que teníamos que sufrir en los viejos tiempos con las ideas descabelladas de papá, quien siempre tuvo un gran corazón pero una mente muy estrecha, y por eso nos invitaba a acompañarle a ir a los peores sitios que existen sobre la tierra a escuchar cosas de la más increíble pobreza de espíritu, y es que el espíritu no está en todas partes, aunque la gente se empecine en decirlo, como se empecinaba papá en llevarnos a estos lugares, yo siendo aún un niño, y puedo jurar que jamás se le cruzó a papá por la cabeza el pensamiento de si nosotros la estaríamos pasando aunque sea medianamente bien, o que si al llevarnos no nos habría cortado un momento que en ese entonces sentíamos definitivo para nuestras vidas, como cuando mi hermano tuvo que acompañarle a un viaje en medio de un romance furibundo con una muchacha, Claudia creo que se llamaba, y él en la lejanía sólo suspiraba por ella, porque siempre fue muy enamoradizo, hasta la ceguera, diría yo, y él la llamaba y le mandaba cartas y regalos, mientras tenía que sufrir una temporada en el infierno, temporadas que se nos hicieron muy familiares a mi hermano y a mí, hasta tal punto que ya nos reíamos de todo, y el infierno pasó a ser un lugar cercano, casi un segundo hogar, y entrábamos en él como quien entra en su cuarto de infancia, y entonces nos hacíamos bromas el uno al otro, y ¿cuándo es que nos vamos a otro viaje?, y ojalá que éste dure tres años, como si hubiéramos ido a pescar ballenas en alta mar, y papá, quien nos oía, pensaba que hablábamos en serio y entonces se sentía orgulloso de sus hijos y nos abrazaba, y luego nos decía que salíamos en una semana, y aquí vamos de nuevo, despedidas con los amigos y planes que nunca se cumplirían, esa era la historia de mi hermano y mía, olvidados, y sin embargo siempre dispuestos a sobreponernos, y eso lo aprendí de él, pues mi hermano siempre se sobrepone a todo, porque mi hermano es un toro, y de ahí creo que parte su naturaleza afirmativa que en parte me heredó, porque qué otro ser sobre la tierra es capaz de pararse, grandioso y fuerte, esperando que un grupo de maricas con vestidos de colores lo aguijoneen y lo maten, y por eso en esas navidades cuando papá me preguntó cómo iba todo yo respondí que bien, aunque todo iba como un culo, y qué bueno es volver a casa después de un tiempo, ¿no?, sí, sí, y que buena estuvo la comida, ¿no?, sí, como siempre, sí papá, sí, todo está bien, sí, y yo sólo veía a dos extraños tan conocidos que eran mis padres, y papá leía su periódico, y escuchaba a Beethoven, y es que siempre pensé o quizás era mi hermano el que lo pensaba, que a papá algo se le había fracturado por dentro, y que él había sido mejor persona de joven, cuando leía poesía en una buhardilla a la que subía con una escalerilla de barco, y oía música sinfónica, y soñaba con un mundo mejor, como quizás también lo hacía ahora, mientras mamá prendía la chimenea y acomodaba todos los arreglos navideños y regaba sus queridas plantas, y yo sólo veía dar vueltas a un pesebre de madera que le habían regalado a papá sus amigos de otros países y que funcionaba mediante un mecanismo de aspas que giraban cuando el calor de unas velitas que tenía abajo le llegaba, y Melchor seguía a Gaspar y luego estaba Baltasar, y estaban también María y José, y el niño Jesús, y el burro y una especie de buey, y muchos angelitos con arpas y trompetas, y era bonito verlos girar, y giraban y giraban sin parar, mientras yo pensaba que todo el mundo se estaba divirtiendo menos yo, y que todo el mundo estaba riendo o follando, que viene a ser lo mismo creo yo, más aún desde que conozco la conducta de los esquimales, y ya es medianoche, y vienen los besos y los abrazos y las palabras tiernas, y "¿pasaste bien, chiquito?". Sí, sí papá, como siempre. Sí, todo está bien. "¡Y vamos a abrir los regalos!".

Sigo escuchando la radio y comienzo a sentir el ritmo de la carretera, arriba, abajo, arriba, abajo, es como ir cabalgando. La aguja del acelerador está detenida en las 80 millas por hora y el motor ruge como un gatito. Walt destapa una botella de Jim Beam y la pasa luego de dar un trago largo. Cuando me llega bebo un poco y decido prender un cigarrillo. Es tiempo de dejar los viejos, estúpidos prejuicios. Los demás me miran extrañados pero no hacen ningún comentario, ya lo único que importa es no parar, hay que seguir y no detenerse, como nunca se detiene el caballito plateado que permanece erguido en el capó de nuestro carro, el mustang indio que nos guía al paraíso apache. Vamos en dirección a Liverpool, a tener nuestra salvaje noche americana en Inglaterra, ya lo único importante es seguir viajando, porque viajar es útil, hace trabajar la imaginación. El resto no es más que decepción y fatiga. Nuestro viaje es enteramente imaginario. De ahí su fuerza. Va de la vida a la muerte, como decía Céline, y no da tiempo para búsquedas maricas en un mundo en el que ya no hay nada que encontrar. Por esto no hemos vuelto a parar, y ya nos da lo mismo encontrar ese puto granero, que la pastelería en la que Charlie Watts, baterista de los Rolling Stones, compra siempre dos tortas de almendra después de cada concierto, una para su madre y otra para su novia, o saber que el mismo Charlie siempre le quita la almendra de la cobertura a la torta de su novia y se la pone a la de su mamá, a quien se la entrega primero, porque Madre yo te amo y el resto es literatura.

—¡Puta Walt, por favor cierra esa ventana!

XX

Estábamos en una cafetería del centro de Liverpool. Era la mañana siguiente de una noche que no podía recordar bien, y comenzábamos a conocer a un grupo de muchachos con los que nos encontramos en la carretera. El conductor, Paul, ahora hablaba con Nick acerca de carros.

Paul acariciaba la pierna de Kate, la chica que iba a su lado en el carro, quien tenía el pelo teñido de azul claro, que hacía juego con sus ojos.

Nick bebía una taza de café negro. Thomas y Walt hablaban con Dave y Carl, los otros dos pasajeros del carro, acerca de Liverpool y los sitios a los que podríamos ir en el día. También hablaban de mujeres y de viajes.

Yo por mi parte jugaba con la cuchara de mi café, mientras me fumaba un cigarrillo, leía un poema de Bukowski, y sentía la pierna de Kate. El poema se llamaba "Consejo amistoso a un montón de jóvenes" que decía: "Id al Tíbet. Montad en camello. Leed la Biblia. Teñid vuestros zapatos de azul. Dejaos la barba. Dad la vuelta al mundo en una canoa de papel. Suscribíos al *Saturday Evening Post*. Masticad sólo por el lado izquierdo de la boca. Casaos con una mujer que tenga una sola pierna y afeitaos con navaja. Y grabad vuestro nombre en el brazo de ella. Lavaos los dientes con gasolina. Dormid todo el día y trepad a los árboles por la noche. Sed monjes y bebed perdigones y cerveza. Mantened la cabeza bajo el agua y tocad el violín. Danzad la danza del vientre delante de velas rosas. Matad a vuestro perro. Presentaos al Alcalde. Vivid en un barril. Partíos la cabeza con un hacha. Plantad tulipanes bajo la lluvia. Pero no escribáis poesía".

Levanté mi cabeza y le pedí a una mesera que se parecía a Marilyn Monroe que me trajera una cerveza. Todo era bastante extraño, parecía una escena de película de karate, donde el protagonista en algún momento va a tener una revelación de su maestro que se le va a aparecer por entre cortinas de humo, a mostrarle alguna mierda esencial.

—¿Cómo puedes tomar cerveza tan temprano? No son siquiera las nueve —dijo Kate, que intentaba buscar conversación. Paul y Nick seguían hablando de motores y pistones y cosas por el estilo.

Marilyn llegó con mi cerveza y se sonrió. Yo le agradecí. Di un sorbo y dije:

—Es un alimento. Hay quienes toman cereal o comen huevos o frutas, yo tomo cerveza. Me han dicho que en Alemania, en Baviera, la cerveza es aceptada como comida. Un obrero a la hora del almuerzo puede escoger entre comerse una salchicha con papa y esas cosas que ellos comen, o tomarse dos cervezas. Bueno, yo hago lo mismo a mi manera.

Nos quedamos en silencio un rato. Me sentía como un idiota pedante con la historia de la cerveza: Es un alimento..., qué imbécil. Igual no dije nada, no tenía ganas de hablar, ni de saber qué hacía ella en la vida, o si quería casarse con Paul, o si le gustaba que le dieran por detrás, tampoco tenía el ánimo de parecer un animal exótico, el babuino sudamericano recién llegado de la jungla, y contarle cómo era la cacería con mi padre o cómo desollábamos las reses que acabábamos de matar con nuestras manos antes de comérnoslas crudas. Por eso saqué otro cigarrillo y empecé a fumar, mientras ella montaba su pierna sobre la mía.

XXI

Salimos de la cafetería y los muchachos nos dijeron que les siguiéramos. Kate se despidió pellizcándome el culo, era de esas mujeres que conocen bien cuál es su lugar en el mundo y que saben conseguir lo que quieren. Yo tampoco estaba en plan difícil, así que la pellizqué también. Sé muy bien cuando han tocado a fajina, y Kate era justo lo que necesitaba en ese momento. Nos montamos al carro y estos tres imbéciles no hicieron sino burlarse de mí.

Los seguimos pasándonos varias luces en amarillo a toda velocidad. Por fin volvía a ver vagabundos con botellas de trago echados en las bancas de la calle. Había basura, perros callejeros, putas que mostraban sus encantos, el dulce olor de la ciudad.

Estacionamos frente a unos saunas públicos. No eran mixtos. Kate se despidió y me dijo que nos veíamos luego. Entramos a unos baños y nos quitamos la ropa, luego nos dieron unas toallas. Paul, quien parecía ser dueño del lugar, pidió ginebra con tónica para todos. Pasamos al primer sector y empezamos a sudar mientras bebíamos nuestros tragos. Tuve que acostumbrarme a respirar. Luego nos sentamos y comenzamos a hablar de cualquier cosa. Lo importante era estar allí, sudando y bebiendo, como senadores romanos. Paul tenía un tatuaje de Alejandro Magno, el conquistador más joven de la historia, que dormía con su espada y con la *Ilíada* bajo la almohada, en su brazo izquierdo. Se lo señalé y por eso comenzamos a hablar de Roma y de Grecia y del mundo antiguo, como quien habla de un lugar que ha visitado muchas veces y al que siempre le gusta regresar.

Pasamos al siguiente nivel, más caliente, y seguimos sudando como animales. Era una sensación bastante agradable estar allí medio rostizados y ya mareados por la ginebra que habíamos bebido. Éramos un grupo de muchachos, rodeados de viejos flácidos y tristes que no iban a tener una segunda oportunidad en esta tierra, como no la habían tenido nuestros abuelos ni nuestros padres, y como quizás nosotros tampoco la tendríamos, pero es que nosotros estamos todavía jugando el primer *round*, y aquí estoy parado en medio de un sauna en Liverpool, y ésta es mi esquina.

Pasamos a las duchas de agua fría, donde nos bañamos y nos afeitamos, y donde se nos pasó el embotamiento. Paul fue a hablar con el gerente mientras nosotros nos vestíamos. Luego regresó, debía ser mediodía, y nos dijo que iríamos a almorzar. Nick empujó sin culpa a Thomas, quien se pegó contra una pared.

Pensé que se iban a matar, ya que durante todo el viaje no habían hecho más que lanzarse indirectas, pero nada pasó.

Cuando entré al carro Walt estaba imitando a Bela Lugosi, diciendo *Beware, Beware*, con su acento germánico. Arrancamos y seguimos a Paul.

Conducimos hasta un restaurante griego que se llamaba Hefaistos. En la entrada había unas rosas a las que se acercó Walt, aún actuando como Bela Lugosi. Las olió y se puso una en el ojal. Luego entramos. El sitio estaba decorado como un lugar mediterráneo, con mucho blanco y azul, fotos de islas y marinos griegos, una estatua de Homero en el centro. Nos sentamos en una mesa del fondo, junto a un parlante del que salía música de Mikis Theodorakis. A nuestra mesa se acercó el que parecía el dueño del lugar, quien me abrazó y me dio un beso en cada mejilla, y me habló en griego no sé qué cosas. Le dije que no entendía, y él se disculpó y me dijo que yo parecía de la madre patria, que era idéntico al hijo de su hermano Yorgos, y que cómo no iba a ser griego. Luego pidió ouzo para todos y dijo que iba por parte de la casa. Nos atendieron muy bien, y cada vez que nos traían un plato, las hojas de parra o dolmadas, el cordero o lo que fuera, el hombre me preguntaba por su hermano, y por la vid que habían plantado juntos, y por mi madre, por quien se habían peleado hace mucho tiempo ya, y por quien él tuvo que salir de Grecia, y me preguntaba si seguía tan linda como siempre, y yo le terminé respondiendo lo que quería oír, y el hombre me abrazaba, y me pedía disculpas, a mí y a mi padre, y yo lo tranquilizaba y le decía que ya todo había pasado y que él era mi tío del alma. Entonces el hombre me abrazaba y me decía cuánto me quería, y pedía más ouzo, hasta que terminamos llorando y pidiéndonos disculpas entre todos, ya nada importaba, y salimos cantando, yo con una carta a mi padre, una carta de petición de disculpas, y el hombre no nos dejó pagar, diciendo que cómo se me ocurría que iba a dejar gastar un centavo a su sobrino, al hijo de su hermano, de su hermano querido, con quien se había peleado por una mujer.

XXII

Esa rara sensación de bienestar surge en los momentos más extraños, como cuando había peleado con papá por primera vez en serio, era el día de uno de mis cumpleaños, y habíamos salido todos a comer, y la noche estaba serena, incluso había estrellas, y todo parecía marchar bien para ser un cumpleaños. Yo no hablaba pero no era porque estuviera enfadado sino porque quería estar en silencio y beber mi cerveza en paz y comer mis calamares soñando que era el capitán Nemo, y quizás permitirme escuchar a mi pájaro azul que cantaba bajito, pero papá no comprendía esta clase de cosas, como aún creo que no las comprende, y comenzó a hervir su furia contra mí.

Terminé mi cerveza, y siempre hay algo triste en este acto, ver cómo las cosas buenas se acaban. Luego nos fuimos a casa, y les agradecí por todo, aunque tengo que aceptar que no fui muy elocuente, por lo cual papá me comenzó a decir que yo era un malagradecido y un irrespetuoso, y en verdad en ese momento lo fui, porque sentía que en ese momento no podía dejar pisarme los huevos como ya lo había hecho por tanto tiempo, y le dije que sólo por el hecho de ser mi padre no podía hacer conmigo lo que quisiera, y él se envalentonó y se sintió muy fuerte y muy adulto, y me pegó un golpe, entonces yo me paré y me le acerqué mucho, porque yo era más alto que él y lo encaré, y por eso se enfureció aún más y me empujó, y sé que los dos nos hubiéramos molido a golpes esa noche si mamá no se hubiera metido en medio y si Juan no hubiera parado a papá, entonces yo cogí mi chaqueta y salí de casa y me fui a un parque a llorar, aunque no quería hacerlo, sería aceptar que él me había ganado, y a esperar que lloviera. Después de un rato llamé a mi hermano, quien siempre estuvo cuando más lo necesité, y hablamos mucho esa noche, sobre papá, a quien nunca le he guardado rencores, y sobre la familia, y sobre mujeres también, él me hablaba de una con quien iba a salir esa noche, y si no salgo hoy con ella te reviento la cara, entonces nos pusimos a reír y yo seguía llorando, y Juan me dio su pañuelo y yo me soné y me sequé las lágrimas, y ya vamos a casa que el viejo debe estar preocupado, y lo abracé y le di un beso y comenzamos a caminar, y como quien no lo quisiera, empezó a llover, y qué bien llovía.

Y esa sensación de ir caminando bajo la lluvia y ver cómo goteábamos por todas partes mientras me acababa mi cigarrillo y abrazaba a mi hermano en silencio, esa sensación de bienestar, de ver cómo todo estaba tan bien y que las cosas no podían estar mejor, era la misma sensación que tenía en casa de Paul cuando me tomaba el café que nos había preparado para bajar la borrachera, y era oír a Louis Armstrong cantando "Black and Blue", y por qué en el mundo me tocó ser tan negro, y recibir más golpes afortunados mientras esperamos nuestra noche bajo las luces de la gran ciudad, sabiendo que en algún lugar los caballos trotaban.

Paul era un tipo bastante calmado, pero su calma era la de los tipos que sienten que el mundo es demasiado poco para alguien como él. Rara vez hablaba y cuando lo hacía siempre esbozaba una sonrisa de entendimiento. Walt, a quien bien poco le importaba lo que decía o lo que hacía, se paró y abrazó a Paul y le dijo que él era de acá, mientras se pegaba golpes en el corazón con el puño.

Luego Dave dijo que podíamos ir al bar de Larry, un amigo suyo del colegio con quien veía revistas pornográficas, a tomarnos unas copas. Dejamos nuestras cosas en el apartamento de Paul y salimos al bar de Larry.

XXIII

Cuando entramos, el bar estaba casi lleno. Había gente jugando billar o a los dardos, otra jugaba *pinball*, y otros se metían mano entre ellos. Nos sentamos a la barra y Dave nos presentó a Larry. Larry era un buenazo, un gordo gigantesco que nos alzó a todos como bebés y que nos dijo que si éramos amigos de Dave, entonces también éramos amigos suyos. Nos invitó a una cerveza y nos dijo que nos sintiéramos como en casa. Paul y Nick fueron a jugar un juego de arcada de carreras de carros, que se llama Daytona 500. Yo fui con los otros a jugar billar. Cuando iba hacia los billares, vi un tipo bien plantado con cara de ejecutivo joven, que le hablaba a una chica que estaba al final de la barra. El tipo estaba muy borracho y le decía que lo acompañara a su casa y que allí verían la eternidad con juegos pirotécnicos. La mujer le dijo que tenía que trabajar al otro día y se paró. Luego ella le dijo al oído que no debía tomar tanto, a lo que él respondió con una carcajada y con un: "¡Tal vez no debería respirar tanto!". Luego se acabó su trago.

Fui a la mesa de billar y comenzamos a jugar carambola. Todos jugaban muy bien, y hablábamos de cuando habíamos aprendido a jugar, y de escapadas del colegio para ir a hacerlo, cuando éramos muy jóvenes para entrar a bares y las chicas no nos hacían caso, entonces todos contábamos cómo nos habíamos hecho maestros del billar, y cómo fue jugando cuando casi todos comenzamos a fumar, y a pensar en mejores tiempos, aunque tenemos que aceptar que no la pasábamos nada mal, y las mujeres en ese entonces podían quedarse en casa o irse con los otros de mejor futuro, y les conté de historias que había escrito sobre escenas en billares, mientras hacíamos jugadas de fantasía y todos los del bar nos miraban y oían nuestros aullidos y puteos, y Larry nos seguía trayendo más cervezas, y el mundo se daba cuenta de que hay mejores maneras de llevar la vida que aquellas que la mayoría conoce.

Cuando terminamos de jugar nos pusimos a fumar y a intentar pasar anillos de humo a lo largo del taco. Thomas era muy bueno. Paul y Nick llevaban como treinta *laps* extra y ninguno perdía. Les dijimos que se calmaran y que nos fuéramos ya o no acabarían en toda la noche. Se pararon y fuimos a comer kebabs a un puesto en la calle.

Arrancamos y Paul y Nick se fueron echando carreras. Habían quedado emocionados con el juego y se creían en Daytona. Luego parqueamos y entramos a un sitio que se llamaba Manhattan. Nos requisaron dos mandriles de dos metros venidos directamente del Kilimanjaro, que nos dejaron entrar con un gruñido. Había un pequeño vestíbulo con fotos de Nueva York y de la isla de Manhattan, y en el centro había una fotografía de Walt Whitman. Entramos por entre una cortina de humo al salón principal que tenía escaleras que iban a otros lugares. Había barras llenas de trago por todos lados y meseras lindísimas que parecían coristas de un show de variedades. La luz iba cambiando del verde al púrpura y al blanco, y la música era fuerte y vibrante como una locomotora de vapor, y todo el mundo parecía transportado, o quizás sí estaban transportados, después de todo el trago y la droga que habían estado tomando o metiendo por horas. Nosotros éramos los personajes más raros del lugar, éramos los únicos que no teníamos el pelo pintado de otro color, y no teníamos aretes o tatuajes en todo el cuerpo.

Yo me acerqué a una de las barras y le pedí a una muchacha que se llamaba Rosy que me diera una botella de whisky. Me tomé media botella y me fui al baño a vomitar.

En el baño había gente inyectándose, metiendo coca, tomando ácidos o éxtasis, todo menos mear o cagar. Había un tipo escribiendo versos del *Ars Amandi* de Ovidio, un estudiante inglés clásico que portaba la corbata de su *college* con estilo. Se me acercó y me contó que tenía 26 años y todavía era virgen por elección. Decía que sabía que iba a ser famoso algún día, realmente famoso, más que Ovidio, y que por eso no quería que cualquier puta saliera luego gritando que había estado con él. Me reí y salí del baño. A mí me gustaban las putas y fue sólo gracias a él que mi noche no se fue en blanco. Salí con paso firme y casi babeando, como uno de los perros de Pavlov que había aguantado tanta hambre que se había enloquecido y había comenzado a escuchar campanas que llamaban a comer por todas partes, y esas campanas eran como cencerros que las mujeres llevaban colgados al cuello como vacas suizas, y me le acerqué a una que ya me había visto y me había sonreído, para seguir bailando con un imbécil que se creía Travolta, entonces me le acerqué y le comencé a hablar mientras bailábamos, y yo le hablaba con mi mejor acento de latino, porque sé que las inglesas quieren ver al macho hispano en acción, y si eso era lo que querían ver, entonces yo podía sacar mi salchichón del saco y cortarlo con mi navaja de pata de cabra mientras bailaba un fandango, y ella me comenzó a preguntar por mi país y por la droga y yo le dije que mi país era el Paraíso y que la iba a llevar allá. Yo, que soy por definición un incapaz con las mujeres, aún ahora no sé cómo conseguí llevarla a un baño que estaba vacío y la monté en uno de los lavamanos, mientras le quitaba una falda negra que llevaba y me frotaba con ella, y la besaba y le quitaba el resto de la ropa a lo salvaje. Comenzamos a follar y ella gritaba enloquecida y me pedía más y más, mientras me arañaba la espalda y me mordía la cara y el cuello, y yo sólo veía mi reflejo en el espejo del baño y mi cara que se reía, y pensaba que yo no quería ser famoso como el tipo del baño, de quien ahora leía el poema de Ovidio que él había escrito, y ella seguía gritando y yo terminé como debía hacerlo y salimos del baño a la barra donde mis amigos me esperaban.

Paul me llevó a un lado y me dijo que Kate ya había llegado con unas amigas y que era tiempo para la caza del búfalo. Luego me entregó las llaves de su casa por si no salíamos juntos del bar. Me dio un abrazo y yo le contesté cualquier imbecilidad de borracho.

Volví a entrar al bar y me encontré con Carl que estaba hablando con las amigas de Kate. Me dijo que ella debía estar bailando con alguien. No sabía bien lo que estaba haciendo y creo que no importaba. Si querían ver el espectáculo del indio sudaca, seguro que lo iban a tener, no iban a quedar defraudados. "Tú quieres un show, nosotros tenemos un show", tarareaba para mí mismo, bajito.

Luego llegó Kate y me preguntó que si ya había conocido a sus amigas. Le respondí que creía que sí. Después me preguntó que si estaba muy borracho, y esta es una pregunta que todas las mujeres encuentran el momento de hacer y que logra cabrearte aun cuando no importe.

—Sí —le respondí y le cogí el culo. Ella se rió y me dijo que saliéramos de allí. Yo la seguí como un perrito faldero y me monté en su carro. Fuimos al apartamento de Paul, y mientras ella hacía algo en la cocina, yo me agarraba la cara y la jalaba como si fuera de caucho. Ella regresó luego de poner algo de música, cuando empezó a sonar "The man who sold the world", y yo me sentía como ese hombre que había vendido al mundo, mis treinta denarios no habían sido cobrados pero sabía que algo raro había hecho. Comenzamos a hablar de inutilidades, de su vida y de la mía, de Cobain y su actitud frente al mundo. De momento yo no me sentía ni con ganas de follar. Quería descanso, dormir. De todas maneras, hice un esfuerzo, pensé en la literatura y en que todo son elementos narrativos y comencé a besarla, primero lentamente y luego más salvaje, y le metí la mano y comenzamos a revolcarnos por el piso, hasta que ella me dijo que fuéramos a la cama de Paul, y ella me desvistió y yo la desvestí muy torpemente, y es que siempre he sido muy torpe con esas cosas, los encajes y broches no fueron hechos para mí, y por eso no logré quitarle el *brassière*, y le tocó hacerlo a ella, quien creo se aburría muchísimo, como yo también me aburría, hasta que bajé a su coño, que era azul como su pelo, otra vez el azul de la eternidad, y me quedé jugando un buen rato con él, ensortijando mis dedos como si acariciara una oveja, y ella debía estar muy extrañada, hasta que al fin me dijo que lo hiciéramos, y yo empecé, yo que quería dormir y terminé follando y luego me eché a dormir junto a ella, que se me lapó como una garrapata, y yo ya no pude dormir de lo incómodo que estaba, pero no le dije nada, porque yo nunca digo nada, hasta que pudo más el cansancio y me quedé dormido.

Cuando desperté ya había amanecido y Kate seguía pegada a mí. Me la quité de encima y me quedé mirándola un buen rato. En verdad era linda. Nunca había estado con una mujer de pelo azul, era un sueño futurista hecho realidad; la ciencia ficción sí existe. Me paré y me puse mi ropa. Ella se despertó y me preguntó que a dónde iba. Le dije que me tenía que ir, y es que yo siempre he sido testarudo, cuando me quiero ir me voy y no hay quien me pare, me desespero con rapidez, y yo sé que a ella le hubiera gustado que nos bañáramos juntos y fuéramos a desayunar y cosas por el estilo, y creo que a mí también me hubiera gustado, pero ya me había parado, y ya me había ido.

Cuando salí me vi en el espejo y en verdad estaba destrozado. Tenía sed, olía a cigarrillo y estaba mareado, hecho una mierda. En la puerta del edificio me encontré con Thomas que venía de caminar.

—Vaya noche...

—Sí —le respondí—. ¿Dónde están los otros?

—Se fueron al hipódromo a ver las carreras. ¿Qué vas a hacer?

—Creo que voy a desayunar. O a meter mi cabeza en un horno.

—Vamos a desayunar.

Caminamos un rato y mientras tanto yo le contaba mi noche de ayer. Entramos a un sitio que se llamaba Los Gascones, un restaurante francés de buen aspecto. Pedí unas tostadas francesas y un café. Thomas pidió lo mismo. La gente nos miraba con asco y no los culpo.

Thomas abrió un paquete de cigarrillos, le pegó unos golpecitos por atrás para que salieran, se llevó uno a la boca y me ofreció uno. Lo prendió y comenzó a dar chupadas. Luego nos metimos en un cine, porque en Inglaterra hay funciones todo el día y toda la noche, donde proyectaban *Un día de furia*, la película con Michael Douglas. Salimos más exaltados que de costumbre, queriendo matar al primero que se nos atravesara y odiando al mundo entero. Caminamos hasta un parque grandísimo lleno de árboles que daban unas sombras magníficas, y nos echamos a hablar de cine y de nuestras películas y actores preferidos, hasta que comenzó a atardecer. Era bueno estar allí fumando cigarrillos y hablando o en silencio, mientras el cielo nos demostraba que todo podía esperar y que las cosas no son todo lo importantes que quisiéramos.

Cogimos un taxi que nos llevó hasta la casa de Paul, donde estaban Nick y Walt, contentísimos porque habían ganado en el hipódromo.

Me fui al baño a cagar. Fue una cagada tibia y reparadora, mientras me fumaba un cigarrillo y me veía en el espejo, comprendiendo que ya todo volvía a la normalidad. Nos montamos en el carro otra vez. Paul salió a despedirnos y nos dijo que esa era nuestra casa si algún día regresábamos a Liverpool.

Nick prendió el motor y bajó la ventanilla. Le dijo a Paul que volvería a Liverpool a tomarse unas copas con él. Paul asintió y se despidió como un militar, mientras el carro avanzaba despacio. Kate ya no estaba allí y no volvería a estar.

XXIV

No todos los caballos llegan. Y aunque nosotros éramos los favoritos y ya todas las apuestas estaban hechas, el espíritu no era el mismo que al comenzar el viaje. Ya sólo nos importaba seguir adelante, no importaba dónde, y aunque aún nos quedaban algunos sueños por quemar, sabía que algo tarde o temprano iba a pasar, era como ver venir una tormenta.

Por el momento queríamos salir de Inglaterra e ir a Escocia. Así, no nos detuvimos en Manchester ni en otras ciudades del norte, tan sólo pasamos de largo por la autopista que algún día nos debía llevar al mar. Sí, Inverness, y pasar a la isla de Mann, que los antiguos llamaban Avalon, o al menos yo la llamaría así, y allí vería las estatuas de Arturo y de Lancelot y de Perceval y Leondegrance, y vería cómo aún ahora también hay otro mundo, más amplio, más real, otro mundo donde todas las camareras se parecen a Marilyn, donde los amigos no se mueren, donde la cerveza siempre está fría y la comida caliente, donde podemos conducir rumbo al sol, presos de una vida que no se detiene, un mundo que nos lleva más allá de esas estatuas de caballeros y reyes, un mundo nuestro.

Íbamos en dirección a la muralla de Adriano, frontera divisoria entre Inglaterra y Escocia, erigida por el emperador Adriano a semejanza de la Gran Muralla China, para prevenir al imperio del ataque de los bárbaros. Paul nos había hecho algún comentario sobre ella, y recuerdo también a un viejo casero que tuve cuando llegué a Inglaterra, el señor Blake, un excombatiente de guerra, que tenía historias tremendas sobre Corea y Japón, aficionado a la pesca hasta el día en que a su gran amigo, Syd, le dio un paro cardíaco en plena pesca, y el señor Blake tuvo que arrastrarlo millas y millas por entre pantanos, mientras le gritaba que era absurdo que estuvieran haciendo lo que nunca habían tenido que hacer durante la guerra, y Syd aguanta que ya vamos a llegar, pero no, ya la veo llegar, es lindísima, es una perca gigante con visos plateados, esa perca que dejé escapar cuando éramos niños, ¿recuerdas?, ahora viene a buscarme, y Syd cerró los ojos mientras el señor Blake veía con lágrimas en los ojos cómo las percas del lago saltaban.

Fue el señor Blake quien me habló por primera vez de la muralla de Adriano, un sitio que debía visitar. El señor Blake era uno de esos ingleses que habían estado en la guerra, que aún hablaban del Imperio Británico como algo real, y que ahora se había dedicado a cuidar su jardín y a plantar repollitas de Bruselas, que me daba en todas las comidas, y a sanar un par de ardillas que se habían quedado atrapadas en una trampa para topos, porque los topos son los peores enemigos de los jardineros, y a follarse a su esposa, la señora Blake, una viejita de unos 74 años, quien aún ahora no encontraba descanso de las embestidas fogosas de su esposo, quien aún hablaba del imperio, y de las percas voladoras del lago Clerk.

Había llovido y comenzaba a clarear. Prendí el radio, y aún ahora me pregunto por qué azares del destino alguien nos mandó una canción que nos permitió continuar por más tiempo sobre el asfalto rojo y verde que llevaba a Escocia y a las Tierras Altas. Era una canción de Simon Bonney que se llamaba "Travellin' on", que hablaba de la extrañeza de los cielos de Arizona, y de señales buscadas en cada pueblo, mientras seguíamos rodando junto a camiones que podían ser rojos o amarillos, todos bonitos colores, y *Ah, ah, ah, ah, if I keep travellin' I might find heaven, I might find home*, mientras todos escuchábamos y sentíamos que si seguíamos viajando, tal vez algún día sí encontraríamos el cielo.

No habíamos hablado en casi todo el trayecto, y ahora todos comenzaron a contar su noche en Liverpool, así Walt había estado con una japonesa lindísima a quien le había prometido convertirse al shintoísmo e ir a vivir junto a sus padres a Kioto para luego hacerse predicador y seguir a Buda, y todos nos reíamos de la historia, y Nick contaba orgulloso cómo le había quitado una chica a Thomas, quien asentía molesto, pero a quien al fin de cuentas tampoco le había ido nada mal, fue Thomas quien terminó yéndose con tres mujeres a un motel, y yo les conté mis logros, y ellos se reían y me pegaban, porque yo había estado con quien todos habían querido estar, y prendimos más cigarrillos y nos volvimos a quedar en silencio, tranquilos otra vez, mientras veíamos el letrero que dice: "Bienvenidos a Escocia, muralla de Adriano 10 kilómetros", y todo vuelve a estar bien sobre la tierra.

Llegamos ya entrada la tarde cerca a la muralla de Adriano. Al ver el cartel Nick aceleró, y cada vez que veíamos más carteles señalizadores nos emocionábamos más y pedíamos más luz y más velocidad, pero cuando vimos un último cartel que decía: "Adrian's Wall" a 100 metros, y no habíamos visto nada, nos empezamos a preocupar. Pensábamos que la íbamos a divisar desde un kilómetro de distancia, y que iba a tener estandartes a todo lo largo, y que serpentearía por millas y millas hasta que la vista se perdiera en la inmensidad, mientras imaginábamos hordas salvajes atacando a sangre y fuego la muralla, pero lo único que vimos cuando ya estábamos en el lugar exacto fueron dos viejas rocas cubiertas de musgo y otro cartel donde se explicaba la historia de la muralla. Nos bajamos extrañados aún con la esperanza de encontrarla, pero no vimos nada más, y sólo pudimos echarnos a reír, porque ya qué más le íbamos a hacer, y nos tomamos fotos bobas sobre la muralla de Adriano, que estaba llena de mierda de cabra, esas bolitas que parecen uvas, y nos sentamos en una cerca que había al lado. Prendimos unos cigarrillos y nos acabamos de tomar lo que quedaba de la botella de whisky.

Aun cuando no era lo que esperábamos, era un lindo lugar, y Walt se puso a jugar con un cabrito que saltaba de un lado a otro, y lo alzaba y lanzaba al aire y lo hacía dar vueltas de campana, hasta que llegó un rebeco como de cien años con unos cuernos más enrollados que un tapete persa, que debía ser el padre, y que salió de la nada a embestirnos, por lo que nos tocó salir pitando del lugar, cagados de la risa, para arrancar a toda velocidad, mientras el rebeco nos perseguía, pero ya íbamos rumbo a Edimburgo, capital de Escocia, y Adriano ya nos había saludado.

XXV

Llegamos a Edimburgo de madrugada y estaba lloviendo. Es una linda ciudad, con un castillo negro en el centro y casas pequeñas, parece más un pueblo medieval que una capital, aunque parece que no es del todo así. Fuimos hasta un albergue que se llamaba The Clan, y bajamos nuestras cosas. Nos recibió un hombre que no hablaba y que cada vez que le preguntábamos algo nos señalaba un aviso donde estaba toda la información. Parecía un James Stewart más viejo y más gordo, pero igual de psicópata. Nos subió hasta el tercer piso de la casa y nos dio una habitación grande, luego nos señaló dónde quedaba el baño, y nos dio un folleto con información de qué hacer y adónde ir en Edimburgo.

Necesitábamos descanso y nos echamos a dormir, no sin antes trancar la puerta con una silla, no queríamos terminar degollados en medio del sueño.

Nos despertamos a eso de las 5 de la tarde. Nos bañamos y nos arreglamos. Bajamos y el viejo no estaba allí, pero nos había dejado las llaves del albergue para que pudiéramos entrar y salir a nuestro antojo. Salimos caminando porque Nick quería descansar de conducir. Teníamos un hambre asesina y Walt nos dijo que quería ir a un restaurante chino que había visto cerca del albergue. Caminamos unas cuadras y finalmente lo encontramos. Se llamaba Li Po, como el poeta chino de la antigüedad. Cuando entramos hicieron sonar un *gong* y todo, mientras unos tipos que parecían *gangsters* chinos se cambiaban a otra sala y nos regalaban venias. Nos vino a atender una chinita muy linda en traje típico mandarín que también nos hacía venias, se sonreía, y nos daba unas toallitas calientes para que nos refrescáramos. Pedimos cuatro órdenes completas. Había música china de fondo, y ping ping, sonaba una especie de instrumento de cuerda, mientras un tipo gritaba guturalmente, cuando comenzaron a traer los platos, primero una sopa creo que con fideos, luego lumpias, y cerdo y pollo y langostinos agridulces, y un arroz con verduras, y todo era en exceso abundante, y todo venía acompañado de más venias y sonrisas y sonidos de admiración por parte de la chinita, mientras yo luchaba con mis palillos chinos, y veía cómo los otros comían con tanta facilidad, y yo ya había comenzado a sudar por todo el esfuerzo que estaba haciendo, hasta que todo se terminó y la chinita tuvo que traerme más toallitas calientes, y más venias y sonrisas, y yo ya estaba que reventaba, cuando nos trajeron un postre de hojaldre y un té asqueroso que se llamaba ojo de dragón, y yo creía que me iba a desmayar, cuando llegó un gordote chino que debía ser luchador de sumo, vestido con un frac y peinado hacia atrás, que nos preguntó si nos había gustado la comida. Le respondimos que sí, y luego el gordo sonrió y nos preguntó que si queríamos tranquilizarnos. En un principio no le entendimos, y por eso asentimos, entonces el gordo nos dijo que le acompañáramos y lo seguimos hasta un salón inmenso lleno de colchones y de varias personas tumbadas en ellos. Nos acostó a cada uno en un colchón, y luego vino otro ayudante con una trenza larguísima y con unos narguiles para calentar el opio. Yo nunca he sido un gran amante de las drogas, pero ésta era una ocasión que no podía dejar pasar. Comencé a chupar, y luego de unas caladas estaba en un estado de calma tal, que no pude dejar de pensar que había muerto. Todos los signos vitales se habían neutralizado, y era como estar flotando boca arriba en una piscina inmensa. Me sentía como Robert de Niro en *Érase una vez en América* y sonreí. Luego creo que me dormí.

No sabía cuánto tiempo había pasado, y me desperté con las convulsiones de un tipo que tenía al lado, que pedía más opio, hasta que llegó el chino de la trenza con otra pipa, y el tipo empezó a dar chupadas ansiosas, como si de esas chupadas dependiera su vida. Me levanté sintiéndome como nuevo. Nick y Thomas también ya se habían parado y fuimos a despertar a Walt. Pagamos y el gordo nos sacó por una puerta trasera y nos dio una tarjeta y unas galletas de la suerte, que decían cosas como que el único camino es el encuentro con Buda, y la grulla viaja sólo en un único sentido, y la sabiduría se encuentra en los cerezos en flor.

Comenzamos a caminar en silencio y caminamos mucho, no sabíamos por dónde. Debía ser lunes porque todos los sitios estaban cerrados, hasta que encontramos un pub abierto que se llamaba Aberdeen. Entramos y Walt me dijo que ya era tiempo de que me enseñara a beber. Fue a la barra y trajo cuatro pintas de Guinness, una cerveza negra irlandesa muy buena. Comenzamos a beber una tras otra, hasta que dejamos rezagados a Thomas y a Nick, que dejaron de tomar.

—No importa —dijo Walt—. Ésta es sólo entre tú y yo.

Y seguimos bebiendo. Yo ya no podía más y todavía quedaban cinco pintas de cerveza para cada uno sobre la mesa. Me iba a parar a vomitar, cuando Walt me agarró del brazo y no me dejó mover. Puso mi mano sobre la mesa y sacó su navaja suiza. Yo estaba demasiado borracho como para darme cuenta de algo, y él comenzó a clavar la navaja entre mis dedos cada vez más rápido. Yo me reía y le decía que no podía ir más rápido, hasta que Walt mismo se cayó sobre la mesa tumbando las cervezas que quedaban. Nick me cargó a mí y Thomas a Walt. Nos montamos en un taxi y le dijimos al hombre que nos llevara al albergue. Todo me daba vueltas, y lo único que recuerdo era el cielo por la ventana y las luces amarillas de la calle que se difuminaban, mientras escuchaba al taxista que decía que Edimburgo era realmente, realmente una gran ciudad, y que realmente, realmente tenía la mejor gente del Reino Unido, no como esos ingleses que son realmente, realmente unos bastardos. Llegamos al Clan y no entiendo cómo logré subir esos tres pisos. Fui al baño, vomité y me quedé dormido abrazado a la taza.

Me desperté con una resaca terrible y volví a vomitar. Estaba entumecido por dormir en el piso. Me estiré y entré al cuarto. Parecía un salón de oficiales en tiempos de guerra. Nick, Thomas y Walt estaban con el mapa del Reino Unido extendido sobre una mesa, y marcaban sitios a los que teníamos que ir con marcadores rojos y azules, cuando me vieron entrar y me saludaron. Walt parecía que no se hubiera tomado un solo trago y yo me veía como una mierda. Había café y me sirvieron un poco. Lo tomé despacio y me comencé a sentir mejor. Luego bajamos y le dejamos la plata al viejo que nos abrió la puerta. Había un recargo extra por la limpieza del baño. Arrancamos y ahora era sólo en dirección norte, rumbo a las Tierras Altas y hacia el mar y los lagos.

XXVI

Cuando salimos de Edimburgo todos estábamos de muy buen humor, y nos hacíamos bromas, y Walt comenzaba a contar historias del ejército, de soldados sin cabeza, y el fantasma de la garita 4, y de odios a cabos y tenientes, y yo creía comprender en parte de dónde había sacado su fuerza, y Thomas hablaba de salidas a caminar con los amigos y de cuando iba a cazar con su abuelo milanas y alces, y de idas a la ópera con su abuela que había comprado el mejor palco del teatro de Copenhague, y Nick y yo escuchábamos, mientras veíamos pasar a un grupo de colegialas con sus uniformes a cuadros, y yo recordaba mis días en el colegio, cuando las veía pasar desde mi ventana, tan lejanas y tan lindas, y siempre me imaginé que levantaba una de esas faldas y me perdía allí, yo, que las veía desde mi reclusión solitaria moviendo las caderas y cogiéndose el pelo, y sólo eso salvaba mis tardes de infierno, eso y la cerveza y los libros.

Íbamos en dirección a los lagos, pasamos por varios, vimos el Loch Lomond, y nuestra meta era el lago Ness, también vimos varios campos de batallas medievales, pastizales inmensos que algún día debieron estar cubiertos de muertos, y que en un momento significaron el futuro de una nación, castillos, fortalezas, la casa de

William Wallace y de Rob Roy. La mayor parte del trayecto me la pasé dormido, o viendo montañas cubiertas con nieve imperecedera, hasta que el resto decidió detenerse en una destilería de whisky, la Glenfiddich. Entramos y seguimos a un guía al que no le entendíamos nada, porque el inglés de los escoceses es muy particular, quien nos mostró todo el proceso de destilación, desde la recolección de la malta hasta el transporte en camiones, y nos contó del comienzo de la destilería, y de las peleas que había tenido el fundador con los bandidos que querían robar su whisky, y yo pensaba que debía haber sido una hermosa pelea, el progreso contra las viejas costumbres, que aún sigue siendo hermosa, y luego el tipo nos llevó a una degustación de varios tipos de whisky, añejos de 10, 12, 15 y hasta 20 años, y nunca sabré cómo lo hará pero Walt logró que el tipo nos diera un whisky que habían guardado por 100 años, y yo estaba muy triste porque aún tenía náuseas y no podía tomar nada, era como estar con Kate y no querer follar con ella, mientras veía cómo los otros bebían hasta la saciedad, especialmente Nick, a quien nunca había visto beber tanto, por lo que pensé que algo comenzaba a andar mal, pero todos siguieron bebiendo hasta que era hora de cerrar, y ya ninguno podía tenerse en pie, sólo yo, y por eso el mismo Nick me entregó las llaves de su carro, y me dijo que condujera y lo llevara al mar.

Ya había oscurecido y la neblina no me dejaba ver. Decidí parar cerca de un pueblo. Apagué el motor y me quedé con el radio encendido, mientras oía roncar a los otros e intentaba dormir un poco. Cuando ya me estaba quedando dormido, me despertó un ruido de motores, y cuando abrí los ojos me enceguecÍ la luz de un camión que se reflejó en el espejo retrovisor. Salí del carro y vi cómo pasaban camiones y camiones que se detuvieron a unos metros de donde yo estaba, en un descampado. La niebla ya estaba desapareciendo y pude ver que eran los camiones de un circo ambulante. Pronto todo eran gritos y ajetreo, hombres musculosos montando la carpa y luces y colores por todos lados. Era un circo de pueblo, un viejo circo de pueblo con enanos que fumaban cigarros, malabaristas, trapecistas, mujeres en vestido de baño, payasos. Cuando comenzó a amanecer, prendí el carro y arranqué de nuevo, ahora iba rumbo a lo desconocido, con el pavimento tremulante bajo mis pies, en un Ford Mustang del 74 rojo que bien podía ser mi nave de los sueños. Iba escuchando una sinfonía, y hacía mucho que no bajaba el cambio, cuando Nick se despertó y me pidió que parara porque iba a vomitar. Me detuve y Nick saltó afuera y botó hasta los intestinos. Sin embargo, mientras vomitaba se reía y cuando acabó intentó ponerse en pie pero no pudo. Se quedó mirando al cielo boca arriba con los brazos y piernas extendidos y con una risa demencial que no podía parar. Me bajé del carro y le pregunté si estaba bien, y él sólo me respondió:

—¡Los vi, los vi! Venían con una luz blanca y hacían mucho ruido, era grandioso.

Me quedé en silencio sin entender lo que Nick habría querido decir y al fin de un largo rato, él se levantó difícilmente y empezó a caminar, y yo lo ayudé a subir al auto. Luego arranqué y el sol comenzó a brillar.

XXVII

Rodeamos el lago Ness por un buen rato hasta que llegamos a un pueblo situado a las orillas. Parece un pueblo porteño en miniatura. Tiene su muelle, barquitos, prácticos del puerto. Al otro lado se divisan las Tierras Altas, pobladas de bueyes y carneros y cosas por el estilo.

—Voy a ser el único. Yo seré el príncipe del universo. Yo ganaré el premio —dijo Walt, quien finalmente había despertado, actuando como Christopher Lambert en *Highlander*.

Ya ni siquiera las imbecilidades de Walt nos divertían. Era un tipo que no podía parar, y creo que eso debe estar bien. Seguí andando despacio un trecho más, buscando por un lugar donde quedarnos, cuando vi un cartel a unos metros que decía: HABITACIONES. Me acerqué y vi que era una edificación bastante grande a orillas del lago, parecía un castillo. Era un monasterio de monjes benedictinos. La Iglesia católica en el Reino Unido no tiene mayor fuerza, y por eso se ven en el trabajo de hacer cosas por el estilo para sobrevivir. Tenía un ala reservada para huéspedes y allí nos quedamos. Me recordaba a mi colegio, olía a nafta y cada habitación era más un claustro o una celda que otra cosa. Con Biblia y todo. Nos recibió un monje altísimo, el hermano hospitalario, quien tenía un casco con malla, porque también estaba a cargo de los panales de abejas. Nos dijo que las habitaciones eran individuales, perfectas para el recogimiento. Pensaba que habíamos ido por retiros espirituales. Nos preguntó cuánto tiempo nos íbamos a quedar, y Nick respondió que partíamos temprano en la mañana. Luego fuimos a nuestras habitaciones y quedamos de vernos en unas horas para ir al lago. Todos se encerraron y yo me fui a conocer el pueblo. Era un lindo lugar al que después califiqué con tres adjetivos de Raymond Chandler que siempre me han gustado, era triste, solitario y final. Las calles estaban desiertas y sólo se veía uno que otro muchacho en bicicleta. Pensé comenzar un *thriller*. "Lago Ness, 3 a. m., el detective Harry Synise no podía conciliar el sueño. No sabía por qué había aceptado ese trabajo para los monjes. Tal vez era por el dinero, era por el dinero...". Pero quizás era mejor dejarlo correr. Había almacenes con *souvenirs* del lago, banderitas con el monstruo pintado, jarras de cerveza, sacos estampados, barquitos, *tommies*. Seguí caminando y me detuve en la vitrina de una miscelánea. Había un Nessy gigante (así le dicen los del lugar al monstruo del lago), de caucho, inflable. Luego, en una esquina, en medio de otros objetos, vi algo que me alegró extrañamente. Era una máquina de escribir manual que estaba en rebaja. Entré, la vi, la toqué y la compré. Tiempo después pensé que la máquina me había llamado a comprarla como las botas y el bastón en la película de Chaplin. Era una Brother deLuxe crema, con teclas negras que hacían un ruido bestial.

Regresé al monasterio y comencé a escribir un relato corto. La máquina sonaba bien, quizás yo también podría robarle alguna mierda inmortal a la tarde. Cuando llevaba unas líneas, tocaron a mi puerta. Era Thomas quien decía que ya íbamos al lago. Me paré y me despedí de mi máquina, de mi relato y de una gárgola con forma de reptil que estaba frente a mi ventana.

Bajamos al muelle y allí un viejo que se parecía al de Hay-on-Wye, nos dijo que si queríamos darle una vuelta al lago podíamos hacerlo con él. Le dijimos que sí y nos montamos en su barco. El viejo tenía un largo pelo blanco que echaba hacia atrás y en la mano un gorro azul de lana. Íbamos con su perro que se llamaba George. Era idéntico a Tarzán, el perro de un amigo con quien nos prometimos amistad eterna cuando éramos niños. Eso aún no lo he olvidado. Mi amigo debía tener dos años cuando su padre murió y lo único que le quedó en el mundo fue su perro. Era un animal salvaje al que nadie se podía acercar, sólo mi amigo. Él era quien lo cabalgaba y lo acariciaba, era su montura y su amigo, y el perro lo quería también y lo dejaba jugar. Le permitía que metiera su cabeza de niño en la boca, porque mi amigo quería ver si podía meterse en su interior, como si fuera la ballena de Pinocho, y el perro sólo lo lamía y le meneaba la cola. Entonces mi amigo llegaba a casa triunfal, todo babeado, y un primo imbécil que tenía lo molestaba y le decía que era un asco y que su perro también lo era, entonces mi amigo, que era mucho menor que su primo pero que conocía, como aún ahora conoce, su lugar en el mundo, lo agarraba a golpes, y a veces lo ayudaba Tarzán también, que siempre llegaba a tiempo como el séptimo de caballería, y ambos salían persiguiendo al hijueputa ese, mi amigo cabalgando en Tarzán como un mongol. Pero un día Tarzán se quedó fuera de casa y aullaba y rasguñaba la puerta para que lo dejaran entrar, y mi amigo, quien también podría llamarse Arturo, lloraba y pedía que lo dejasen entrar, o que lo dejaran salir a él, pero su primo que lo estaba cuidando no lo dejaba, y así Tarzán salió corriendo enloquecido y encontró la muerte, atropellado por un camión, intentando entrar a su casa, a la que ya nunca volvió. Mi amigo pasó días y días llorando, él, que nunca había llorado, ni siquiera con la muerte de su padre, y cada vez que iban al cementerio a ponerle flores a la tumba de su padre, él se guardaba la mejor para llevársela a Tarzán. Pasaron los años y consiguió más perros, incluso se consiguió una novia, pero nadie suplía a Tarzán. Su primo ya no estaba en casa y la vida parecía valer la pena, la misma vida que aunque tarde siempre es retributiva, y por eso su primo volvió a casa a pasar unas vacaciones con su novia, una morena lindísima, con tetas como naranjas o manzanas, y "hola primo, cómo estás", y esa noche se pusieron a beber como si nada hubiera pasado, y bebían y bebían, hasta que su primo se cayó, y él los llevó a su cuarto donde había una única cama doble, y allí los puso, a su primo y a su novia, mientras él se tiraba en un colchón, cuando la novia le dijo que él no iba a dormir en el piso, e insistió, aun cuando mi amigo le decía que no importaba, que él estaba muy cómodo ahí tirado, y ella le dijo que eso no iba a pasar y le pegó una patada a su novio, que estaba como muerto y lo tiró al suelo, mientras mi amigo se subía a su cama. Se acostó con los ojos abiertos, y la luna entraba por su ventana, la luna que le permitía ver cómo la mujer estiraba su brazo para acariciarle el pecho, mientras él palpitaba asustado, pero el miedo no le pudo y él la besó y se envalentonó y se le montó encima, y le quitó las bragas mientras bajaba al sexo oscuro entre las piernas, y la cabalgó, mientras las naranjas y las manzanas rodaban, y Tarzán aullaba afuera, por dios que aullaba, como ahora aullaba George, que iba en la proa del barquito, mientras yo metía mi mano en el agua haciendo una estela, y el viejo nos contaba la historia del lago, y de cómo un grupo de japoneses había traído un submarino y todo para buscar a Nessy, pero Nessy es astuto y muy viejo, y sabe a quién se debe mostrar y a quién no, como Tarzán que sabía quién lo podía cabalgar, y ya regresamos al muelle con George en la proa, meneando la cola.

XXVIII

Comimos algo en el refectorio del monasterio y nos fuimos a nuestras habitaciones. Ya había oscurecido y me puse a continuar mi relato. Escribí toda la noche y me paré cuando comenzó a amanecer. La gárgola parecía babear debido al rocío de la mañana. Fui al baño y me di una ducha. Cuando salí el resto me estaba esperando para salir. Nick me pidió las llaves del carro y arrancamos de nuevo. Dio una vuelta extraña y comenzó a ir hacia el sur. Nadie preguntó nada. Me quedé dormido y cuando desperté vi que estábamos entrando a Glasgow, que queda casi en la frontera con Inglaterra. Habíamos recorrido un buen trecho y parecía que ya no íbamos hacia el mar.

Walt y Thomas comenzaron a hablar sobre un futbolista danés, Larsen, quien jugaba en Glasgow y a quien supuestamente todos querían mucho. Nick tenía sus ojos fijos en el pavimento. Glasgow es una ciudad aterradora, llena de edificios altísimos, bancos y mierdas por el estilo. Comenzamos a buscar un sitio dónde quedarnos. Los hoteles a los que fuimos eran muy caros, y los encargados nos miraban con recelo, pensando que íbamos a hacer un atraco. Estábamos muy sucios, mi pelo ya no se movía de lo grasoso que estaba, e igual les pasaba a los demás. Seguimos buscando por un buen rato, hasta que comenzó a anochecer. Finalmente encontramos uno que tenía buen nombre pero no buen aspecto, el Duncan's Hotel, a quien Walt le añadió el título nobiliario de Lord Duncan's Hotel.

Me bajé del carro y me acerqué a ver un tablero que tenía los precios. Quince libras la noche para cuatro personas. Nos quedamos allí, y dejamos el carro en la calle en una de esas zonas de parqueo a las que toca bajar cada hora a meter una moneda en una máquina. Había una larga escalera de caracol que llevaba a la recepción. Subimos y allí nos encontramos con un tipo gordo que estaba detrás de una reja. Tenía una camiseta de esqueleto que alguna vez había sido blanca y una cerveza en la mano. Le pedimos una habitación, y nos dijo que nos iba a dar una *suite*. Entramos a una mierda de lugar, con dos camas dobles con las sábanas llenas de pelos y manchas de algo que no se sabía si era sangre, vómito o quién sabe qué más cosas. La habitación estaba toda tapizada de rojo y tenía un bombillo que colgaba del techo. Había una única ventana cubierta por una cortina naranja, que cubría una pared de ladrillo pintada de negro, encima de la cual reposaba un gato café. Teníamos un lavamanos y un espejo, un teléfono inservible y una radio, inservible también. Esos eran nuestros artículos de lujo. Cuando salí a buscar un baño, me di cuenta de que nuestra puerta estaba cedida y que parecía que la hubieran forzado. Nadie dijo nada, por el momento.

Fuimos a buscar un sitio dónde comer y nos encontramos con que todo estaba desierto. Glasgow es el infierno, yo lo he visto. Terminamos comiéndonos una hamburguesa imposible en McDonald's y regresamos donde Duncan. Bajamos nuestras cosas del carro y subimos. El gordo estaba jugando un solitario y extrañamente fumaba con cierta clase, como un viejo aristócrata venido a menos. Ponía las cartas, arqueaba una ceja y botaba bocanadas de humo como si nada más le importara, en verdad nada más le importaba.

Cuando entramos a la habitación, el gato estaba sobre una de las camas. No sabía por dónde habría entrado. Hay una expresión en inglés en la cual, cuando se hace referencia a un lugar muy pequeño, se dice que no se puede hacer girar un gato en él. Walt cogió al gato por la cola, y lo comenzó a hacer girar, mientras el desgraciado maullaba, y Walt decía que el cuarto no era tan pequeño como él había pensado, y todos nos reíamos, hasta que Thomas abrió la ventana, y Walt lanzó al gato como si fuera un lanzador de martillo, y el gato salió disparado al infinito, el mismo infinito que un gato no me había dejado ver una noche en la que dormía con una muchacha a quien me quería follar por última vez, una última vez que hubiera sido mi despedida triunfal, pero había un gato en la habitación, y creo que nunca sabré por qué a las mujeres siempre les da por enternecerse con animales o con bebés en momentos como ese en el que yo sólo quería estar con ella, pero pudo más el gato y se puso a jugar con él hasta que se quedó dormida. Y yo ya no podía dormir de lo cabreado que estaba, mientras el hijueputa me caminaba por todo el cuerpo y por la cara, y me rasguñaba, y se metía entre mi verga, hasta que amaneció y me levanté a orinar, y mientras veía cómo salía el chorro tibio y humeante, comprendí que todas no las podía ganar.

Yo me acosté en la misma cama con Nick, y Thomas se apretujó con Walt. Creo que en total no pude dormir más de dos horas esa noche, porque a cada hora nos tocaba bajar a meter más monedas al aparato de mierda ese, y aunque no me tocara a mí, igual me despertaba cuando sonaba el despertador para que se levantara el siguiente. Si no era la moneda, era Walt que estaba contentísimo con el teléfono dañado, y cada vez que se despertaba, lo cogía y le gritaba al gerente del hotel, o al *maître* del restaurante, a quien le preguntaba por la langosta o por la champaña que había pedido hace horas, y todos le pedíamos que se callara, pero él seguía, y seguía y seguía.

Cuando amaneció, fui a meter otra moneda, y Walt me acompañó a una panadería que había al lado del hotel. Compramos pan, galletas y leche. Cuando llegamos donde el gordo, nos presentó a su hija, una rubia que trabajaba las calles de noche, y que casi se come a Walt con la mirada. El gordo nos preguntó si queríamos desayunar y Walt le señaló la bolsa con el pan.

Cuando entramos a la habitación, finalmente encontramos lo que yo me supuse desde un principio, como si hubiese estado escrito en un guion de película barata. En el piso estaba Thomas, que golpeaba contra el borde de la cama la cara de Nick, un Nick medio inconsciente y que chorreaba sangre por todos lados. Thomas estaba como poseído y sólo le gritaba: "¡Hijueputa, hijueputa!". Walt los separó y Nick se paró como un resorte, cogió sus cosas y salió dando un portazo. Nadie dijo nada. Eso, tengo que admitirlo, no esperé que estuviera escrito en el guion, pero todas no las puedo ganar.

XXIX

Ahora íbamos los tres solos otra vez, en un tren que en algunas horas nos llevaría a Londres. Hablábamos muy poco y dormíamos a ratos. Habíamos pagado nuestros tiquetes y todo, nos estábamos haciendo viejos y aburridos.

En un pueblo del norte de Inglaterra se subió una chica a nuestro compartimiento. Se sentó a mi lado. Iba leyendo un libro de Bukowski. No le quise decir nada. Luego me sonrió y comenzamos a hablar, mientras Thomas y Walt dormían. Le conté una historia que no recuerdo. Todo era demasiado común: escuchar los ronquidos de los amigos, mezclados con el traqueteo del tren y la charla insulsa de la mujer. Había algo triste en todo eso. Y sin embargo, sentí agradecimiento con la muchacha, simplemente por estar ahí a mi lado. Todo muy distinto de lo que sentí con un amigo del pasado por una mujer de la cual habíamos decidido vengarnos, pues nos había dejado como unos imbéciles y nos había hecho sentir como tales, por lo que convinimos buscar nuestra revancha, nuestra *vendetta* siciliana, aunque para dicho efecto todos nuestros otros amigos tuvieran que aguantarse horas y horas de discusión acerca del mejor método de venganza, y es que nosotros en ese entonces éramos los reyes del minimalismo, cuando el honor y la dignidad y todas esas cosas parecían asuntos importantes, por lo cual todos nos huían cuando comenzábamos a hablar del asunto, y nos pedían que nos calmáramos y que lo dejáramos correr, pero nosotros éramos muy testarudos, y un día ya cansados de hablar y no hacer nada, terminamos yendo a casa de la mujer con una serenata mariachi, y le cantamos amor eterno vestidos con corbata, y todos los días le llevábamos flores y tarjetas y dulces, y la llamábamos implorándole que nos quisiera a los dos, y ella, quien en un principio había pensado que estábamos bromeando, se empezó a asustar, más aun cuando comenzamos a pegarles a los otros tipos que se conseguía y le decíamos que si no estaba con nosotros no iba a estar con nadie, y ella se asustó y se cabreó hasta tal punto que un día completamente descontrolada nos gritó que nos jodiéramos y que no la persiguiéramos más, y ese grito fue nuestro certificado de victoria, nuestra demostración de triunfo, nuestras dos orejas y rabo, y nuestra salida en hombros.

La mujer cogió sus cosas y se cambió de compartimiento. Ya nada importaba, comenzábamos a llegar a Londres.

Nos quedamos allí un par de días en la casa de mi amigo, hablando de nuestro viaje y yendo a beber o a caminar, y dejándome llevar por el cansancio, ya con ganas de irme de vacaciones a las Bermudas o a la Isla de Pascua o a donde fuera. Estaba cansado de todo, sentía que de alguna manera había errado el rumbo y ya nada parecía claro, ahora sólo quería retirarme del mundo por un tiempo, dedicarme a la contemplación o al yoga o a alguna de esas maricadas, o comprarme un Cadillac sin frenos, porque incluso en estos tiempos siempre termino dejándome llevar por lo que sea, las circunstancias me importan bien poco y hago cualquier cosa sin pensar si va a estar bien o no, y fue sólo por eso que acepté ir a una fiesta con mis amigos, una fiesta que habían hecho para despedir a los daneses, quienes ya querían regresar a casa, como yo también hubiera hecho de haber podido, o tal vez no. El hecho es que aunque estuviera en este estado catatónico, otra vez el piloto automático, pensé que tenía que ir a esta fiesta, después de todo era la despedida de mis amigos con quienes habíamos encontrado algo, que en ese entonces no sabía qué era, como ahora no lo sé, pero que era algo definitivo, sí, una de esas mierdas que permanecen y ya no se van. Esta fiesta, además, sería una última fiesta que representaría mi retirada triunfal y definitiva de las canchas, sería mi último partido, o al menos eso creía en ese entonces en el que esa clase de promesas parecían posibles de cumplir, cosas como que me voy a dedicar a escribir o a pintar o a lo que sea y a no buscar más mujeres, sí, dedicarme a la construcción de aeromodelos de guerra, *spitfires* y *stukas* y B-52 y todos esos maravillosos aparaticos que finalmente me liberarían de la vulva, aunque todos sepamos que éste es un discurso vacío y bastante imbécil si tengo que ser sincero, pero en ese momento sentía que todo era posible ya que nada me importaba, y por eso entré a esa fiesta como si entrara a la muerte.

Era la casa de un conocido de mi amigo a la que ya había ido otras veces. Parecía ser el lugar de encuentro de todos los desadaptados y jodidos de Londres, por lo que no me extrañó que nos encontráramos allí. Entramos y nos pusimos a beber y a saludar a la demás gente que estaba en el lugar. Yo me eché en un sillón reclinable que estaba al lado del equipo de sonido. No tenía ganas de hablar y poner la música era una buena excusa para no hacerlo. A mi lado estaban Walt y Thomas, que hablaban con dos chicas acerca de viajes con droga, sexo y toda esa clase de cosas que hablan mis compañeros de generación. Yo sabía que Walt y Thomas las escuchaban y asentían porque querían llevárselas a la cama. Tres hurras por los amigos y sus buenas intenciones. Hablaban y hablaban de sus vidas como si en verdad fueran tan importantes, y ahí entraban los ácidos y los hongos y la marihuana y la coca y todas esas mierdas, y yo pensaba que lo hacían para parecer más interesantes y más libres, porque bien sabía que frente a sus papás eran los mejores hijos, ni siquiera eran *junkies* de verdad, todo era una farsa y una actuación barata, y yo sabía que todo se debía a que estaba en un estado terminal con el mundo, en el que todo me parecía falso y pensaba que todos estaban equivocados, como si yo fuera un mal predicador igual o peor de jodido que los demás. Entonces Walt comenzó a hablar como si fuera Sick boy en *Trainspotting*, la película escocesa que tanto nos había gustado, aunque sabíamos que todo el mundo iba a gritar sobre ella, como una nueva *Pulp Fiction* o *Asesinos por naturaleza*, pero es que el mundo es demasiado predecible y no hay nada que hacer con él, y Walt decía que un día tenían que chutarse con heroína e ir a disparar con una carabina de diábolos a la gente en un parque, y las chicas se reían y le decían que estaba muy loco y Walt, todavía actuando como Sick boy, hablaba como Sean Connery y decía:

—Shi, Shimon. Eshtas muy loquito, por esho esh que shiempre me hash gushtado.

Y las chicas volvían a reírse y ya le cogían la pierna, a él y a Thomas, quien se miró con Walt sabiendo que en ésta iba la ganada. Tengo que aceptar que mientras los veía no podía evitar que me dieran un poco de asco, ver cómo cada vez se acercaban un poco más a las mujeres, hasta tal punto que ya se rozaban las manos y sus labios estaban cada vez más cerca de las orejas de ellas, igual los entendía y por eso creo que me daban más asco, pues yo me debía ver igual o peor cuando lo hacía, pero en este momento yo estaba de espectador y el desagrado no me podía abandonar. Pensaba en Rents, otro personaje de *Trainspotting*, quien decía que se había dedicado a las drogas y a las putas para dejar de actuar, cosa que yo creía era lo más honesto que se podía hacer en este mundo de mierda, sobre todo con las mujeres, aunque aquí suene como un pobre tipo al que siempre le ha ido mal con ellas y dé pesar, como me decía indignada un día un espécimen arquetípico del género después de que yo me le había reído por alguna estupidez, y puede que tenga razón, pero esa clase de razón y de verdad son cosas que siempre me han importado bien poco, por lo que yo seguía poniendo más música, cuando Walt se me acercó con una cerveza y me dijo que no lo odiara, por lo que entendí que todos sabemos muy bien lo que hacemos y cómo nos vemos en determinada situación, y por eso abracé a Walt y le dije que era mi hermano y que siguiera adelante que ésta era su noche, y él también me abrazó y me levantó en el aire, aunque ambos supiéramos que éste era un acto hecho a la brava pero necesario en un momento como éste en el que ambos estábamos medio borrachos, por lo que no importó, y es que haga lo que haga y aunque también sea un cabrón como cualquier otro, Walt será uno de los mejores tipos que uno se pueda encontrar en el camino, de eso no hay duda.

Me puse a buscar entre los discos algo más para poner cuando encontré una canción que no escuchaba desde hacía mucho tiempo y que me recordaba a un viejo amigo, quien siempre hablaba cuando estaba borracho o con una mujer, afirmando que su vida tenía un solo camino, y que ese camino no tenía regreso, mientras señalaba con su brazo en una dirección. La canción era "Straight to Hell", de The Clash, que siempre cantábamos a grito herido mientras saltábamos en mi cuarto o en el suyo, haciéndonos pasos y polcas de fantasía que jamás podríamos hacer en público, y fue por eso que la puse, en honor de los amigos de antaño que entonces estaban más cerca que nunca, y yo cantaba bajito *In the generation, clear as winter ice, this is your paradise* cuando se me acerca una chica que traía dos tragos en la mano, otra de las de pelo corto y arete en la ceja, de cuerpo delgado y ropa estrafalaria, pantalones de licra, tenis, ojeras, todo el vestuario y características de lo indicado por la generación X, y que en otro momento me hubiera atraído, pero que ahora sólo me sabía a mierda. Y *lemme tell ya'bout your blood, bamboo kid, it ain't coca cola, it's rice.* Y la chica empieza a hablarme con ese mismo tono que pretende ser demente, a decirme que le gustaba verme tan solo, y que siempre le han gustado los hombres solitarios y callados, y yo sólo la oigo y me sonrío como si fuera un ciego, con la mirada perdida en la alfombra, una alfombra que parecía la piel de un oso, mientras pienso que debería mandarla a la mierda y decirle que yo no soy ni un solitario ni un tímido, ni cualquiera de esas imbecilidades que ella dice que soy, y que sólo me cansa la gente, en especial la gente como ella y el resto de actores de esta puta farsa, y gritarle inconsciente y burra y todas las cosas que mi rabia había acumulado a lo largo de años de convivencia con seres como ese. Y *Oh papa-san, please take me home, oh papa-san, everybody they wanna go home*, y cómo me gustaría estar en casa, por lo que hice un acto ridículo pero necesario en ese momento en el que no aguantaba más, que fue el despedirme de mis amigos y decirles que me iba a dormir porque estaba cansado, y ellos me miraron extrañados pero no dijeron nada, y sólo me abrazaron y me dijeron que nos veíamos en la mañana. Sabía que estaba dando lástima y por eso decidí hacer una retirada rápida. Mi amigo inglés me dijo que me podía ir en su carro pues él se iba a quedar allí toda la noche, andaba con una mujer con quien había estado casado dos años y con la que al parecer iba a estar otros dos más. Cuando me acercaba al carro, la música seguía a todo volumen y la atmósfera de la calle estaba limpia, casi agradable.

Encendí un cigarrillo y me monté al Land Rover de mi amigo. Todavía se escuchaba *And there ain't no asylum here, King Solomon he never lived 'round here, go straight to hell boys*, cuando prendí el motor y sentí que golpeaban la ventanilla del otro lado del conductor. Lo hice y la mujer de la fiesta me pidió que la llevara a su casa que estaba a sólo cuatro cuadras del lugar. Le dije que se subiera.

—Qué fiesta tan aburrida...

—Sí —respondí mientras buscaba en la guantera un casete de U2 que yo había dejado al salir de casa. Lo puse, mientras arrancaba despacio. Se me antojaba manejar muy lentamente, como si fuera un taxista de alguna ciudad tropical, uno de esos taxistas que siempre manejan sin que les importe el tiempo, conduciendo a 20 kilómetros por hora y esquivando hojas y palitos, mientras escuchaba alguna cosa en la voz de Bono, que paliaba la voz de la mujer que quién sabe qué cosas estaría diciendo, por lo que pensé escribir un libro que se llamara: *De la salvación por la música,* cuando me dice que por la próxima esquina puedo doblar a la izquierda, y al hacerlo bajo a segunda, y ella me coge la mano que yo tenía en la barra de cambios y sonríe y dice que por aquí está bien. Paré el carro y ella me preguntó si quería subir un rato, mientras me acariciaba la mano. Los hombres somos seres débiles y poco consecuentes con esta clase de cosas, por lo que acepté su invitación, como lo haría un borrego rumbo al matadero. Era un edificio blanco de varios pisos y al subir al ascensor, ella oprimió 5 y me comenzó a besar, mientras yo comenzaba a emocionarme y a pensar que después de todo ésta no iba perdida, y que efectivamente mi retirada del mundanal ruido no iba a ser silenciosa. Cuando no hablaba, la mujer estaba muy bien, casi que podrías dedicarte a su contemplación por horas y horas. Me respiraba duro al oído y gemía suavemente, cuando paró el ascensor. Entramos a su apartamento que estaba todo pintado de blanco, sin ningún mueble y sin absolutamente nada en su interior, sólo un colchón con sábanas destendidas en una esquina y un equipo de sonido con algunos discos alrededor. Nos echamos en su cama y me comenzó a decir que era hija única y que su madre había muerto cuando ella era aún una niña y que su padre tenía mucho dinero pero que no podían convivir juntos, por lo que él sólo le mandaba plata y le dejaba hacer lo que quisiera, mientras yo pensaba que ella encarnaba todos los gritos clásicos de mi generación, y por eso quería parecer desadaptada y loca, y tenía su apartamento como lo tenía, y yo ya comenzaba a cansarme de su discurso por lo que me lancé a darle un beso para intentar callarla. Sonrió y me dijo que iba al baño un momento. Yo, acostado en su cama, me quedé mirando una grieta en el techo, y cuando regresó tenía puestos únicamente unos calzones de algodón con figuritas y unas medias, de algodón también, lo que me pareció de muy mal gusto, pero igual el conjunto era tan armónico y tan embrutecedor que me quedé sin respiración. Se volvió a sonreír con una sonrisa picante que quién sabe en qué película barata de serie B habría visto, y yo aunque estaba muy emocionado no podía parar de sentir asco, yo era un tipo que no podía, como ahora no puedo, dejar nada tranquilo, sino que siempre tengo que anotarlo todo y criticarlo todo como si fuera una vieja de salón de té que juega canasta con sus amigas, igual es algo que no puedo evitar, aunque creo que el mundo tiene gran parte de culpa en todo el caso. La mujer, que creo se llamaba Susanne o algo por el estilo, se me echó encima y comenzamos a revolcarnos, por lo que pensé que mi retirada de las canchas podía esperar hasta que fuera demasiado viejo para jugar, y que el mundo y sus gentes estaban bien y todas esas imbecilidades que uno piensa cuando está follando con una chica linda, y ésta en especial era muy linda y follaba con estilo, utilizando jugadas de fantasía que yo jamás había visto y que sabía que al día siguiente me darían asco, pero que en el momento estaban muy bien, y hacía cosas muy extrañas y gemía como si la estuvieran degollando, por lo que después de un mordisco salvaje que me dio le dije que se calmara, y esta palabra significó el embrutecimiento total de la mujer, quien me empezó a gritar que ella estaba calmada, que siempre ha estado calmada, y aquí fue que sacó una navaja que tenía debajo de la almohada, otra puta navaja, y es que ya ha habido demasiadas en esta historia, con la que casi me perfora el bazo, o al menos eso pensé en ese momento, porque yo veía sangre y más sangre, aunque sólo había sido una herida superficial como después supe, pero en ese instante pensé que me estaba desangrando, mientras la mujer volvía a cargar con más fuerza y a intentar sacarme un ojo o a cortarme la yugular, por lo que tuve que hacer una finta con la que le quité la navaja, para luego pegarle un cabezazo en la nariz y así darme espacio para coger mis cosas e irme, al tiempo que la mujer me insultaba y me gritaba que no me fuera o me mataba, y yo salí corriendo sólo con mis pantalones puestos al carro de mi amigo, cuando ella se asoma por la ventana con las tetas al aire y me sigue gritando hijueputa y que suba, mientras yo sólo veo cómo todas las luces del edificio se comienzan a prender, y yo arranco a toda velocidad, haciéndome presión con la mano sobre la herida, por lo que no pude dejar de pensar que otra vez estaba en una película, donde yo ni siquiera era el protagonista sino un extra al que podían matar en cualquier momento. No paraba de preguntarme, casi con lágrimas en los ojos, por qué siempre me tocaba encontrarme a las psicópatas o a las enfermas o a las jodidas o a las putas con mil abortos encima, por qué no puedo conseguirme una mujer normal y tranquila, que no me hable idioteces, con la que pueda estar bien, y volví a culpar a todas las cosas, al mundo y al tiempo en que me había tocado vivir, por lo que dije que lo mejor era que me fuera a dormir para ver si todo no había sido un mal sueño.

Desperté al otro día con Walt a mi lado que me miraba fijamente. La cortada seguía allí por lo que supe que todo no había sido un sueño. Me acordé de la mujer y decidí no volverme a meter con ninguna hasta que fuera la precisa. Walt comenzó a hablarme y a decirme que en verdad pensara en la posibilidad de irme con ellos a Dinamarca, que desde allí haríamos otro viaje por toda Europa hasta llegar a Turquía y a Estambul, a la casa del gran turco. Le dije que lo pensaría pero que en el momento no me sentía en disposición de hacer nada, guardando silencio sobre la noche anterior. De todas maneras le agradecí y le dije que los acompañaría al aeropuerto por la tarde, luego creo que me volví a quedar dormido. A eso de las 4 cogimos el metro y fuimos hasta el Terminal 4 de Heathrow.

Cuando llegamos, los daneses registraron el equipaje y nos fuimos a un café que queda junto a un ventanal por donde se puede ver la salida y llegada de todos los aviones. Nos fumamos unos cigarrillos y nos tomamos una última cerveza. Todo era bastante extraño, como una mala actuación, y hablábamos de nimiedades de las que nunca habíamos hablado, incluso Walt me preguntó por Nick, sabiendo que yo no podía darle respuesta. Le contesté que no había vuelto a saber nada de él. Yo al menos me lo imaginaba conduciendo enfurecido en dirección al sol, no pudiendo dar más luz, con el pavimento tremulante bajo sus pies, en su querido Mustang del 74 rojo, nuestra embarcación, lanzándose al mar como un kamikaze.

Seguimos fumando y bebiendo en silencio por un buen rato como si pensáramos que todavía estábamos en el carro, y yo miraba a las azafatas pasar todas apretadas con sus faldas y sus tacones, llevando sus carritos, mientras pensaba que nunca iba a tener la fuerza suficiente como para dejar de pensar en mujeres, y que lo mejor era aceptar la dura realidad sin resentimientos. De pronto oí por los altoparlantes: "Pasajeros con destino Copenhague, favor pasar a la salida internacional número 2". Nos quedamos otro rato en silencio, acabándonos nuestras cervezas. Hicieron una última llamada a bordo y nos paramos. Los acompañé hasta la puerta de emigración. Thomas me dio un abrazo y me dijo:

—¡Gracias hijito!

Yo sonreí. Walt me alzó en brazos y me dijo que me iba a escribir todos los días. Nunca lo hizo. Me entregó al osito Ciril del que se despidió con un beso. Luego entraron y yo me quedé por un rato viéndolos alejarse. Cuando ya casi se habían perdido entre la multitud, Walt se dio la vuelta y me gritó:

—*I'm gonna make you famous!* —y esto lo dijo como si fuera Emilio Estévez representando a William H. Bonney, también conocido como "Billy the Kid".

Se perdieron del todo y me senté a esperar que saliera el avión; mientras me fumaba un cigarrillo, veía las muchachas que pasaban y le arreglaba el corbatín a Ciril, sabiendo que en mi interior también había *una leve alegría, simplemente instalada allí.*